塔羅遊戲
TAROT
GAME
Play
or
Die
夜間飛行 著
SUI 繪

目次

000 楔子

「痛死了痛死了痛死了……」

一名大塊頭男生一邊喊痛，一邊在校舍的走廊上磕磕絆絆地奔跑。

他左手摀著身上的傷口，右手握著染血的尖銳菜刀，從他身軀流下來的鮮血在地面形成一條駭人的血路。

「可惡……那傢伙怎麼變得這麼厲害？居然可以徒手打穿牆壁？之前明明弱得要死，一拳就被恁爸打得滿地找牙……」

由於失血過多，他的視線逐漸變得模糊，腳下一個踉蹌，「咚」一聲仆倒在地。

接著，走廊上響起另一個人的腳步聲。

一名身材瘦弱、滿臉痘痘的男生踏著悠閒的步伐，走到他的面前，用輕蔑的眼神俯視他，像是看著蟲子一樣。

「怎麼了？你不是很厲害嗎？那個把我當成玩具般欺負的劉威到哪裡去了？」

「林尚斌你……」

名為劉威的大塊頭氣得牙癢癢的，他用僅剩的力氣從地上躍起，手裡的菜刀直刺林尚斌的要害，然而林尚斌輕鬆閃過，接著抬起右腳猛踹劉威的胸口。

遭受強烈衝擊，劉威瞬間飛向走廊一端的盡頭，撞上牆壁發出「砰」的一聲巨響，接著慢慢滑落到地上。

「該死的……竟然這樣對恁爸……饒……不了……你……」

用力擠出肺部最後的幾口氣後，劉威便暈了過去。

「我還用不到三成力呢，廢物！」

林尚斌走過去把劉威像破布娃娃似的踢來踢去，一張塔羅牌從劉威的口袋滑出。上面的圖案是個端坐在信徒面前的紅袍男子，頭頂金冠，手執權杖。

「哦，原來也有塔羅牌嗎？」林尚斌彎身把卡牌拾起，臉上揚起一抹冷笑，「『教皇』？看起來就是張沒用的牌，跟我的『力量』比起來，什麼也不是！」

正當他洋洋自得的時候，身後忽然傳來開門聲。

他轉過頭，只見木工教室的門被打開，一名身材纖細的女孩從裡面走了出來。皮膚似雪花那樣白，嘴唇似玫瑰那樣紅，頭髮似黑檀木那樣黑——每個看到這名女孩的人，都會忍不住想起《格林童話》裡作者對白雪公主的形容。

這個美得宛若從童話故事走出來的女孩，正是聖楓高中的校花、二年一班的女神，裴雪姬。

「尚斌同學。」

裴雪姬嬌媚地喚了聲，接著冷不防撲進林尚斌懷裡，伸手抱住他。

酥麻的感覺刹那間如電流般竄遍林尚斌全身，他好不容易才保持著理性，將意圖不明的裴雪姬推開。

地上。他本想輕輕地推，但他現在的力量遠比平時還強，一下控制不好，裴雪姬竟被他推跌在地上。

「哎唷！」

裴雪姬嬌滴滴地發出一聲痛呼，委屈地看著他。

「那個……」林尚斌略帶慌張地說，「我不是故意的，是妳突然撲過來，所以我才會……」

「那你可以扶人家一下嗎？」

林尚斌僵硬地伸出手，卻又猶豫著什麼，不敢碰她。

見到他的窘態，裴雪姬噗哧一笑，自己扶著牆慢慢站了起來。

「人家只是想跟尚斌同學說句話，卻不小心嚇到你了，眞是不好意思呢。」

「不會……」

「大家分頭行動後，轉眼都不見了，而且剛剛有好大的聲音，人家好害怕喔。」

「是嗎……」

「能夠在這裡遇上尚斌同學實在是太好了，人家一直都覺得尚斌同學是個很帥氣可靠的男生。」

裴雪姬一邊說話，一邊慢慢貼近林尚斌。

聞著從她身上傳來的甜美馨香，林尚斌只感到一陣飄飄然。他做夢也不敢想像，全校最漂亮的女生竟會這樣形容自己。

可能是她目睹了方才自己打倒劉威的一幕，所以忍不住傾心？果然女生都喜歡強大的男生，只要擁有「力量」，連平時只能遠觀的美女也會主動貼上來。

林尚斌高漲得像是浸在粉紅氣泡裡的心情，在下一秒直接突破頂點。

一個軟嫩的東西壓上了他的嘴唇，意識到那是什麼的瞬間，他整張臉連同雙耳都染成了紅色。

接著，裴雪姬那玫瑰花瓣般的雙唇吐出甜蜜的咒語，輕輕飄進了他的耳裡。

「尚斌同學，成爲人家的『戀人』吧。」

話音剛落，林尚斌彷彿被落雷狠狠劈中，一臉呆滯，之後漸漸露出如痴如醉的表情，猶如沐浴在愛河中的人。

「把你擁有的所有塔羅牌都交給我！」

「是！」

裴雪姬粗暴地下令，僅僅短暫的一瞬，她便從柔弱的公主化身爲狠毒的魔女。

沒有半秒猶豫，林尚斌立即將從劉威身上搜刮得來的「教皇」，以及自身持有的「力量」乖乖上繳。

「哼，想不到像你這種低能下賤的蠢貨居然會有兩張牌。」

「對，我是低能下賤的蠢貨，妳說我是什麼，我就是什麼。」林尚斌的嘴角掛著幸福的微笑。

「蠢貨，別再杵在這裡了，快給我多找些牌來！」

「是，我立刻去！爲了妳，即使要我去死也願意！」

目送林尙斌奔跑遠去的背影，裴雪姬哼了一聲，用手背狠狠擦了擦嘴唇。

「髒死了，還不知道會不會有病菌！」

她低頭看著手上的牌，露出美麗卻狡獪的笑容。這張牌的圖案是身處伊甸園的亞當和夏娃，在他們上方有一名張開雙臂的天使。

「不過……我似乎入手了一張不得了的牌呢，這『戀人』眞是好用啊。照這樣下去，所有塔羅牌都成爲我的囊中物只是遲早的事。」

跟林尙斌不同，裴雪姬深信美貌才是最強的武器，再有力量的男人，在她的美貌面前都只能屈服，甘願成爲她的奴隸。

一臉滿足的裴雪姬，踏著輕快的步伐離開了走廊。

✡

在走廊的暗處，有雙凝視著這一切的陰沉眼睛。

她已經潛伏在這裡好一段時間了，這條走廊上發生的所有事情，殘忍的、卑劣的、虛僞的……都一一烙印在她的視網膜上。

名爲「人類」的生物，在剝開那層淺薄的外皮後，便只剩下腐爛發臭的血肉，而潛藏在血肉裡的，則是名爲「人性」的怪物。

——不要怪我。

——要怪，就怪這個遊戲將那怪物釋放出來。

深吸口氣，她走到羔羊的身後，手裡的凶器猛力揮下！

001 伊始

今天雖然是假日，但因爲補課的關係，聖楓高中二年一班的學生仍然在大清早來到了學校，很多人都呵欠連連，甚至直接趴在課桌上睡大覺。

「唉，爲什麼放假也要來上課啊？我原本還想趁週末衝等級呢……」頂著一頭栗色髮絲的溫郁謙悶悶不樂地滑著手機，一邊抓了把小熊餅乾往嘴裡送。

「班導居然還放狠話，說什麼不來補課就要留校察看一個月，害我不敢蹺課。」

「那是因爲上次考試我們班的成績嚴重下滑，班導是爲我們好才這樣做。」李宥翔認眞地說，「郁謙，你也該找時間讀一下書，不要老是玩手遊。」

跟吊兒郎當的溫郁謙不同，李宥翔正是所謂的優等生，憑他衣襟上那象徵學生會長的徽章即可略知一二。

從高一入學開始，李宥翔便穩坐全年級第一名，允文允武的他沒有不擅長的科目，而且還身兼班長和學生會長，深受老師與同學的信賴。最讓人覺得上天不公的是，他的家境極其優渥，就連外表也完美得無可挑剔，是典型的拿了一手好牌的人生勝利組。

「是的是的，謹遵班長兼學生會長大人吩咐。不過我沒宥翔你那個腦袋，再怎麼念書也一樣啦。你說是不是啊？品儒。」

溫郁謙說著，一手搭在韓品儒肩上，徵求對方的意見。

「啊！」

正在埋頭寫筆記本的韓品儒被這突如其來的舉動嚇著，小聲叫了出來。

「郁謙你、你剛才說什麼？」

韓品儒長著一張娃娃臉，鼻頭至雙頰有著淡淡的雀斑，個頭比兩位好友都來得瘦小，整體給人文靜軟弱的感覺。

「哎，不是什麼重要的事，當我沒說吧。你在寫什麼啊？」

「那……那個……」韓品儒心虛地把筆記本收起來，神情尷尬。

「幹麼神祕兮兮的，該不會是在寫情書吧？」溫郁謙揶揄。

「當然不是……」

「那你到底在寫什麼？」

「各位同學，已經是上課時間了，請回到座位坐好，我來代替班導點名。」

身為班長的李宥翔來到了講桌前面，對全班同學說道。他的話適時解救了韓品儒，讓他很是感激。

李宥翔開始按照座號順序點名，當點到宋櫻這名同學的時候，叫了幾次都沒人回應，環顧教室也沒看到人。他正要在點名簿上打叉，教室的門忽然打開了。

一名身材高眺勻稱、左眼下方有兩顆小小淚痣的漂亮女孩踏進教室，她先是高傲地瞥了李宥翔一眼，之後便一聲不吭地往自己的座位走去。

韓品儒剛好不小心把橡皮擦弄掉在走道上，於是彎身去撿，一抬頭卻看見那名女生——

也就是宋櫻——正冷冷俯視著他，似是責怪他擋到路。

「對、對不起。」韓品儒囁嚅著，趕緊把身子縮回座位。

韓品儒並不擅長應付女性，更別說宋櫻這種氣場強大的美少女，被她盯著的時候，他覺得自己簡直就是被貓盯上的老鼠。

傳聞宋櫻的母親是幫派首領，她將來也會成爲大姊頭，連不良少年也不敢招惹她。在學校裡她總是特立獨行，也從不參加校慶之類的團體活動，渾身散發著疏離感。

點完名後，大家繼續吵吵鬧鬧的，過了半小時班導仍沒有來，於是李宥翔請副班長黃佳穎去教職員室確認情況。

過了一陣子，黃佳穎返回教室，臉上帶著困惑的表情。

「奇怪，教職員室沒有人耶。教務處也是，職員、校工、警衛統統都不在。學校裡到處靜悄悄的，今天回來學校的，好像只有……我們？」

今天不是上課日，學校裡沒其他學生是正常的，但只要學校有開門，教務處就會有職員在，不可能半個人也沒有。

「不可能吧，妳有沒有仔細找？」

「會不會是補課取消了？可是學校網站上的公告欄什麼也沒提。」

「嘖！沒課的話，恁爸就回家了！」劉威不耐煩地表示。

「等一下。」李宥翔阻止了劉威，「班導可能正在趕過來，我們再稍微等一會吧。」

就在此時，韓品儒的手機突然響起，嚇了他一跳。其實不只是他的手機，班上每個同學的手機也在同一時間作響，彷彿能刺穿耳膜的尖銳噪音在教室內迴盪。

「欸？怎麼大家的手機會一起響？」

「這個旋律……不是校歌嗎？」

韓品儒很清楚自己並沒有把校歌設成手機鈴聲，而且他習慣在到校後將手機切換至靜音模式，照理說不可能發出聲音。

納悶之餘，他和其他同學一樣，開啟了手機螢幕查看。

應用程式已成功安裝，可點選此處啟用。

訊息通知欄出現這條通知，然而韓品儒不記得自己下載過什麼程式。

他好奇地點開那個名爲「塔羅遊戲」的程式，畫面立即彈出一隻毛線娃娃。這隻娃娃是3D動畫，非常生動立體，像是會衝破螢幕跑出來似的。

他記得這隻娃娃是學校的吉祥物，常常在各種校園活動中出現。

大概是爲了呼應「塔羅」，平時穿著學生制服的娃娃換上了花花綠綠的長裙，打扮成吉普賽女郎，手裡還拿著一個小鈴鼓。

娃娃一邊旋轉起舞，一邊以唱歌般的語調說話——

「哈囉哈囉，聖楓高中二年一班的各位同學大家好，歡迎參加塔羅遊戲！現在先來講解遊戲規則，請大家把耳朵借給我☆」

娃娃說完，俏皮地對觀眾拋了一個媚眼。

「首先，這間學校裡藏了多張塔羅牌，請大家把它們逐一找出來，之後記得登錄到手機的收集冊，才能獲得持有權喔☆」

娃娃說著，拿出迷你版的塔羅牌和手機，做出把塔羅牌拍向手機的動作。

「第二，當遊戲結束時，收集到最多塔羅牌的三個人便是勝利者，只有他們可以通關，其他人統、統、都、會、死唷☆」

娃娃躺在地上裝死，兩眼變成「X」形，還有一縷靈魂從她的身體飄出來。

「第三，遊戲從今日上午九點開始，直到明日上午九點結束，總共二十四個小時，大家要好好把握時間喔☆」

娃娃指著一個巨大的時鐘，握起小小的拳頭做出加油的動作。

「最後，大家要當乖孩子，千萬不要離開學校的範圍和退出遊戲，否則會有很、可、怕的懲罰喔☆以上，祝遊戲愉快，啾咪啾咪～」

看完這段動畫，所有人熱烈地討論起來。

「噗，這是哪個中二病搞出來的？生存遊戲漫畫看太多了吧？」

「哈哈，這種套路我知道，接下來是不是有人會死掉？」

「這該不會是手機病毒吧？塔羅牌、死亡什麼的……有點毛耶。」

「嘖，無聊！把程式解除安裝吧。咦？無法解除？」

就在大部分的人都開始研究起那個程式時，小胖子龐哲元慢吞吞地站了起來，往教室門口走去。

「龐哲元，你要去哪？」李宥翔問。

龐哲元露出不好意思的表情，摸了摸他那圓滾滾的大肚皮。

「我今天起床晚了，來不及吃早餐，現在餓得要命，想去便利商店買點吃的。」

李宥翔體諒地一笑，抬頭看鐘，現在是八點五十分左右。

「嗯，那你去買吧。」

「等等，可以順便幫我買一個焦糖布丁、兩包辣烤魷魚、三袋芥末口味洋芋片，還有一瓶櫻桃可樂嗎？等你回來我再把錢給你。」

溫郁謙對著龐哲元雙手合十，笑嘻嘻地請託。

「郁、郁謙，你的胃袋是連接著四次元空間嗎……」

韓品儒忍不住吐槽。他這個好友身材瘦削，食量卻不合常理的大。

老好人龐哲元笑著答應了溫郁謙，之後便再度挪動胖胖的身軀，緩緩離開了教室，其他人繼續無所事事地笑鬧聊天。

約莫十分鐘後，校門口冷不防傳來一聲淒厲至極的慘叫，把所有人嚇了一跳。

「那是胖子元的聲音！」有人驚呼。

眾人紛紛衝到窗邊往外望去，只見兩排紅彤彤的楓樹從他們身處的主校舍延伸至學校正門的鐵柵欄，而鐵柵欄旁的樹蔭下方，隱約有名男生倒在地上，似乎就是剛才離開教室的龐哲元。

「胖子元怎麼了？」「他沒事吧？」「他暈倒了？」眾人議論紛紛，皆是滿心疑惑。

「我去看看他發生什麼事。」李宥翔說，「如果他是暈倒的話，可能需要其他人幫忙扶一下——」

未等他說完，溫郁謙已經站了起來，韓品儒向來跟隨兩位好友行動，於是也一起前往，幾名好事的同學連忙跟上去看熱鬧。

一抵達學校正門，他們就震驚得呆住了，女生們更是發出高分貝的尖叫。

一隻腳映入眼簾，那隻腳確實是屬於龐哲元的，卻並未連在龐哲元身上——不，不只是腳，就連頭部和其餘肢體也沒一處與他的軀幹相連，而是七零八落地散落在地面，宛如被硬生生扯了下來。鮮血從猙獰的斷口湧出，將遍地楓葉染得更加紅豔。

「這……這是模型吧？」「模型怎可能這麼逼真……」「剛才是哪個烏鴉嘴說會死人的？」

眾人都對眼前的景象感到不可置信，但無論怎樣看，這具被五馬分屍的遺體的確是他們的同學無誤。

韓品儒十分怕血，平時光是滑手機不小心瞧見血腥圖片也會立刻關掉，此時更是全身顫抖、雙膝發軟，「咚」的一聲跪倒在地，幾乎要當場昏過去。

手機鈴聲再度集體響起，眾人不安地各自拿出手機，一則訊息跳出。

【NO. 5 龐哲元：確認死亡。餘下人數：24人。不要離開學校範圍喔☆】

李宥翔最先恢復冷靜，他試圖撥電話報警，接著卻皺起了眉頭。

「奇怪……電話完全打不通，無論是緊急號碼還是一般號碼都沒有回應，行動數據也連接不上。你們也用自己的手機試一下。」

「我的手機也打不通。」「我也是，基地臺故障了？」其他人依言嘗試，結果亦同。

「那我去外面找人來幫忙！」溫郁謙心急地走向校門。

「等一下！」李宥翔趕緊拉住他，「雖然不太清楚是怎麼回事，不過龐哲元的死似乎跟他想離開學校有關，隨便行動可能會步上他的後塵。」

溫郁謙正要推開鐵柵欄，聽了這話嚇得馬上把手縮回去。

透過柵欄的間隙望向外面，那是他們每天上下學都會見到的景色，馬路的對面有書店、郵局、公車站，轉角處還有一家便利商店，行人川流不息。

「救命啊！請幫幫忙！這裡有人死了！」他們對著路人高喊，「請幫我們報警！」

然而無論他們喊得多麼聲嘶力竭，那些路人像是都聾了一樣，瞧也不瞧這邊一眼，彷彿在他們的認知中，這所學校並不存在。

情急之下，一名男同學撿起一顆小石子擲向路人，可是路人依舊沒有任何反應。

如此詭異的狀況，令在場的每個人越來越害怕，寒意擴散開來，蔓延至全身。

「我們去用教務處的電話吧。」李宥翔沉著地提議。

來到教務處，他們分頭撥打電話和使用電腦，但無論是哪一臺電話，都只傳出無法撥通的空洞嘟嘟聲，電腦也連不上網路。

李宥翔接著又去警衛室啟動警備系統，鈴聲並未響起。

這一切讓他們漸漸意識到，他們身處的這間學校已經被與外界隔絕開來，變成了陸地上的孤島。

這裡沒有老師，沒有任何成年人，只有二十四個年僅十七歲的高中生。

✡

才剛回到二年一班的教室，他們便被其他同學團團包圍，七嘴八舌地問東問西。

「胖子元不會眞的死了吧？那個程式傳來很可怕的訊息耶！」

「我們的手機突然都打不通，也連不了網路，這是怎麼回事？」

李宥翔把稍早遇到的事情簡明扼要地說了出來，眾人聽後全都目瞪口呆，顯然難以相信。

啪、啪、啪。

一名高個子男生突然拍了幾下手，坐在課桌上的他跳下來，嘴角揚起一抹冷笑。

這名男生叫鄭俊譽，他是聖楓高中籃球社的社長兼王牌球員，在班上人氣頗高，聲望僅次於李宥翔，始終有傳言指出兩人之間存在著瑜亮情結。

鄭俊譽不僅身材高大挺拔，外貌也帥氣得媲美偶像明星，班上許多女生都是他的粉絲，甚至誇張地成立了「鄭俊譽親衛隊」。

「眞是精彩絕倫。」鄭俊譽雖然嘴角微勾，眼神卻沒有笑意，「班長兼學生會長大人籌辦活動辛苦了，這麼逼眞的演技簡直堪比專業演員。不過拿同學的性命來開玩笑，似乎有點過火吧？」

「欸？原來是活動？」「討厭，人家還以爲是眞的。」聞言，圍繞在鄭俊譽身邊的幾個女生鬆了一口氣。

李宥翔看向鄭俊譽，嚴肅地駁斥：「這不是什麼活動，而且我也不是會開這種惡劣玩笑的人。如果你還是不相信，可以親自去校門口看看，那便會知道我說的到底是不是眞話。」

「胖子元眞的死了！我親眼看到他的屍體，那絕對不是假的！」一名剛才有跟著出去的男生歇斯底里高喊，「他整個人被分屍成好幾塊，像蟲子一樣被肢解了！」

「沒錯，我也有看到，我敢用這條命發誓是眞的！」

「而且求救和報警都沒用，我們被困在這裡了……」

目擊慘劇的幾人臉上流露出發自內心的恐懼，大家這才相信事態確實嚴重了。

「這裡可是學校耶，怎麼可能會有這種荒謬的事……」

「連報警也沒用，那我們該怎麼辦？」

「我……我受夠了！我現在就要離開學校回家去！」

混亂之際，一道極其尖銳的噪音驀地響起，所有人忍不住摀緊耳朵看向講桌，原來是李宥翔的傑作。他把麥克風的音量調到最大，再將收音的位置對著喇叭，製造出了這個聲響。

「請大家回到自己的座位，我們現在來開班會。」李宥翔沉聲說。

班會？現在是開班會的時候嗎？

眾人都在心裡打了個問號，但李宥翔的聲音中有種不容違抗的魄力，使人無法不遵從。

「我先說明一下目前的狀況。首先，今天是補課的日子，大家和平常一樣來到學校，可是班導遲遲沒來，整個校園也空無一人。接著，我們的手機都被強制安裝了一個應用程式，詳細內容我不贅述，大家看自己的手機就知道了。在這之後，龐哲元不幸遇害，種種跡象顯示，他的死極可能跟那個叫『塔羅遊戲』的程式有關，只要我們嘗試離開學校，便會落得跟他相同的下場。」

李宥翔流暢地說著，彷彿眞的只是在主持一個平常的班會，就像他曾經做過無數次的那樣。

「另外，正如剛才所提到的，我們現在無法使用手機與外界取得聯繫……不，不只是手機，就連電話也接通不了，且無論是手機或電腦都無法上網。此外，我們還嘗試過用其他方法去接觸外界，不過也都以失敗收場。外面的人不知要什麼時候才會發現我們的困境，在救援到來之前，我們必須想辦法自救。如果有人認爲自己掌握了一些關於目前狀況的重要情報，或是察覺到其他異樣，還請立刻說出來。」

等了一會沒有人舉手，於是李宥翔繼續說下去。

「各位同學，我跟你們一樣，都對眼下的狀況感到難以接受，不過這是現實，不容置疑的現實。這個叫塔羅遊戲的程式不是在開玩笑，因此我們絕對不能離開學校，這是性命攸關的事。我明白這很可怕，可是我們不能逃避，不能慌亂，必須冷靜面對。只要我們同心協力，一定可以想出解決的辦法，讓每個人都能得救。」

聽李宥翔說到這裡，一名男生像是再也無法忍受似的，高聲反駁：「說什麼每個人都能得救，這是不可能的吧！你沒看到第二條規則嗎？只有擁有最多塔羅牌的三個人才可以通關，其他人都會死！」

「沒錯，班上肯定會有二十一個人得死！我現在就去找塔羅牌，我可不想死！」另一名女生跟著說。

「對，快去找牌吧，先下手爲強！」「塔羅牌是我的，你們別跟我搶！」

其他人紛紛附和，爭先恐後地湧向教室門口。

「等一下！這樣被遊戲牽著走實在太蠢了！」

副班長黃佳穎張開手臂攔住他們。

「憑什麼我們要玩這種毫無道理的遊戲？如果大家都不去找塔羅牌，這個遊戲就玩不下去了吧？所有人都沒有牌的話，哪來前三名？對，我們乾脆什麼也不做，聯合起來抵制這個遊戲——」

下一秒，宛如有一隻無形的手把黃佳穎當成了人形發條，狠狠地擰轉起來，黃佳穎還來不及痛呼，腰部便被整個扭斷，上身和下身分離，鮮血、肉塊、臟器和其他組織噴了附近的同學一身，並且飛濺至教室各處。

「嗚哇哇哇哇！」「咕啊啊啊啊！」「唔呃呃呃呃！」

緊繃到極致的弦終於斷裂，眾人發出了崩壞的、意義不明的哀鳴。

有一臉惶恐背靠著牆壁的人，有怪叫著跑出教室的人，有害怕得躲到了課桌下的人，更有人就地嘔吐起來……幾乎所有人都陷入了崩潰。

夾雜在哀號聲當中的，還有手機的通知鈴聲。

【NO. 3 黃佳穎：確認死亡。餘下人數：23人。抵制遊戲等同退出喔！☆】

「嗚嗚……奈奈受不了啦！奈奈也不要玩這種——」

名爲奈奈的女生哭叫著說到一半，隨即被好友摀住了嘴。

「不要亂說話！說不玩遊戲的人也會死！」

教室裡成了人間煉獄，驚恐萬分的韓品儒踉蹌著倒退了兩步，鞋底下突然傳來「噗滋」一聲，低頭一看，他踩到的是副班長的腎臟。

「啊啊啊啊啊啊啊啊——」

他抱著頭跪倒在地，整個人縮成一團，臉上涕淚交加。

神啊，如果這是噩夢的話，請讓我快點醒過來吧！求求祢了！

他在內心這麼呼求著。

過了一會，刺耳的麥克風聲再度響起，把所有人的慘叫壓了下去。

「各位同學請冷靜一點，我有一個方法，說不定可以讓全體同學都活下來。」

李宥翔堅定的嗓音在失序的教室內迴盪。

「剛才副班長說的話其實頗有參考價值，但我們不是要抵制這個遊戲，相反的，我們要積極參加這個遊戲，努力獲取所有塔羅牌！雖然第二條規則寫著『遊戲結束時收集到最多塔羅牌的三個人便是勝利者』，可若是所有人都獲得相同數量的卡牌呢？這樣的話，每個人都是持有最多牌的人，並列第一名，那不就不會有人落敗死亡嗎？」

聽了他的話，眾人宛如被澆了一頭冰水似的愣了愣，稍稍找回了冷靜。

「有道理，只是不知道這個遊戲能否接受這種取巧的做法……」

「管他取巧不取巧，只要大家都能活下來就好。」

「沒錯，能讓全員獲勝的，只有這個方法了。」

李宥翔的提議猶如黑暗中的明燈，不少人皆表示贊成，雖然也有些人拿不定主意，不過也想不出更好的辦法。

此時，韓品儒聽見教室的角落傳來一聲冷笑。

他回過頭，發現冷笑的人是宋櫻。只見她慵懶地倚在牆邊，筆直的長腿在裙下交疊，雙手環胸，神情輕蔑地斜睨著李宥翔，彷彿覺得他的話十分可笑。

察覺到韓品儒投來目光，宋櫻冷冷地瞥了他一眼，韓品儒頓時滿臉通紅，連忙轉回頭專心聽李宥翔說話。

「要是大家都贊成這個提議，那我們就不要再浪費時間了，馬上去把學校裡的所有塔羅牌都找出來吧。現在班上有二十二個人，爲了提升效率，我們跟平時上課分組一樣，按照座號分成三組來行動好嗎？三個小時後，無論有沒有找到牌，都請大家先回來集合。」

無人提出異議，計畫就這麼定了下來。

他們合力把副班長破碎的屍塊搬到教室角落，扯下窗簾布蓋在她身上，至於龐哲元的遺體，由於搬運上比較困難，只好暫時留在原地。

眾人圍成一圈，為慘死的兩名同學默哀片刻，之後便出發尋找塔羅牌。

按照座號，韓品儒被分配到第二組，李宥翔和溫郁謙則是第三組。

稍早才發生那樣可怕的事，如今他們卻要分頭行動，韓品儒對此有著不祥的預感。

「宥翔、郁謙。」他喚了兩位好友一聲。

「怎麼了？」溫郁謙疑惑地回頭。

「沒、沒什麼。」韓品儒欲言又止，「那個……我可以跟你們一起行動嗎？總覺得……還會有其他事情發生。」

「只是在學校裡找幾張卡牌，不會有事的啦。」溫郁謙大力一拍他的肩膀，像是要把信心灌注到他身上，「你不要想太多了。」

「沒錯，大家只是暫時分開一陣子而已，不會有太大問題的。」李宥翔也表示，「既然這個遊戲制定了規則，那麼應該不會在規則以外隨便殺人，只要我們不犯規，那便是安全的。」

「宥翔你似乎一直都很冷靜……你都不害怕嗎？」韓品儒忍不住問。

「遇到這種事，怎會不害怕？」李宥翔嘆了口氣，「不過光是害怕無濟於事，而且要是連身爲班長的我也失去冷靜，其他同學難免會受影響。」

韓品儒點了點頭，李宥翔不愧是當慣領袖的人，懂得以大局爲重。

「那麼宥翔……你覺得我們會活下來嗎？」韓品儒又問。

「我相信我們會的。」李宥翔反問，「你想活下去嗎？」

「我自然是想的……可是這遊戲實在太可怕了，我沒信心可以撐到最後……」

李宥翔沉默了一下，之後堅定地說：「既然你想活下去，那我答應你，無論如何我們都會活下來。」

所有人陸陸續續地離開教室，正當韓品儒也要動身時，卻發現鞋帶鬆脫了。

「韓品儒，我們這組決定去第二和第三校舍那邊，要走了！」

一名戴眼鏡的男生在門口喊他，是同屬第二組的陸博文。

「等、等一下，我鞋帶鬆了……」

「那我們先走，你等等快點跟上吧。」

「好、好的。」

除了韓品儒外，其他人都走光了，他彎下身繫好鞋帶後，眼角餘光不經意瞄到課桌下有張紙片。

咦？那個該不會是……

他把那張用膠帶貼在桌子下方的紙片撕了下來。

是塔羅牌！

塔羅牌可能藏在學校的任何地方，那當然也包括了二年一班的教室，居然沒有人先留在教室裡找一下，這大概就是所謂的當局者迷。

韓品儒感覺自己的心跳正在加速，想不到這麼快便可以找到塔羅牌。

這是他第一次看到塔羅牌，牌卡的尺寸比撲克牌大一些，背面有著精緻的歌德式花紋，正面的圖案是個用繩子倒吊在樹上的男人，圖案上方寫著羅馬數字「XII」，下方寫著「The Hanged Man」。

「The Hanged Man……是吊人？」韓品儒喃喃地說，「對了，拿到牌後，好像要登錄在收集冊才算正式持有。」

塔羅遊戲程式的主畫面有個「收集冊」的按鈕，點進去後會顯示出許多空白欄位，總共二十二個。

他把「吊人」拍向手機，這麼簡單的一個動作後，登錄就完成了。收集冊的第十三個欄位自動顯示出相同的卡牌，他的持有權被正式確認。

點擊螢幕上的「吊人」，一行文字映入眼簾。

【XII吊人：持有者不受重力限制，可任意行走在天花板和牆壁。只要維持某種程度的接觸，持有者可把能力分享給另外最多兩名玩家。】

「可任意行走在天花板和牆壁？這會不會太誇張……」

韓品儒不太相信，不過抱著一試無妨的心態，他還是伸出左腳踩上了牆壁。刹那間，一股引力把他吸住，接著另一隻腳也輕易地踩了上去。

他在牆上邁開步伐，輕輕鬆鬆走上了天花板，並從教室另一邊的牆壁走下來，之後又來回走了好幾次。

「原來眞的可以使用……好厲害啊！」

雖然仍處於恐懼的狀態，但能夠像漫畫或遊戲人物那樣使用特殊能力，仍是令韓品儒感到興奮。

興奮過後，一股難以形容的不安卻湧上了心頭。

既然持有這張塔羅牌的他可使用特殊能力，那麼其他塔羅牌應該也分別具備不同的能力，同樣能被人使用。

如果只是在天花板行走這種程度的能力，倒是無傷大雅，然而要是當中有攻擊型的能力，後果恐怕不堪設想。

——不，這個遊戲正是要他們使用這些能力。

擁有最多牌的三人獲勝，其餘的人則死亡——光是這條規則便足以讓所有人爭個你死我活。彷彿嫌這樣還不夠，每張塔羅牌還附帶不同能力，簡直像是鼓勵持有者去使用並對付其他人。

這個遊戲的設計潛藏著深不可測的惡意。

是誰設計出這樣一個遊戲？背後有什麼意圖？選上這個班級又是爲什麼？

現階段，沒有人能回答這些問題。

韓品儒看了看牆上的鐘，分組行動已經開始好一段時間，他在教室裡再搜索了一下，未能發現其他塔羅牌，於是便去跟同組的同學們會合。

002 太陽

聖楓高中是一所歷史悠久的教會學校，校園主要由主校舍、東校舍、西校舍和體育館構成。

主校舍是「回」字形的龐大建築群，分成第一、第二、第三和第四校舍，每幢校舍的三樓都有空橋與其他校舍連接，校舍中央的空地則是一個供學生休憩的庭園。

主校舍的東西兩側另有兩幢校舍，按照地理位置，分別稱作東校舍和西校舍。東校舍和第二校舍的三樓以空橋相連，西校舍和第四校舍亦同。

此外校園裡還有體育館、露天泳池、運動場等，各種設施一應俱全。

現在是上午十一點多，韓品儒正在從第一校舍走向第二校舍。

平時總是喧鬧不堪的走廊，此刻寂靜得近乎詭異，使他的腳步聲顯得格外清晰。

抵達第二校舍後，韓品儒大致找了一下，沒碰到其他人，於是又走向第三校舍，並且掏出手機，打算傳訊息詢問陸博文。

雖然他們無法向外界發訊，但塔羅遊戲的應用程式內建了傳訊功能，玩家之間可互傳訊息，也可以勾選多名收件人發送群組訊息，這是韓品儒剛才研究遊戲程式時發現的。

寫好訊息，他勾選了陸博文，正要按下發送鍵的時候，一聲慘叫突然響起。

「嗚啊——」

韓品儒心中一驚，差點沒把手機摔到地上。聲音聽起來像是從下面的樓層傳來的，他猶豫了下，之後小心地走下樓梯。

來到二樓，只見走廊靜悄悄的，空無一人，教材室的門卻大大地敞開著。

他戰戰兢兢地踏入昏暗的教材室，一股血腥味隨即飄進鼻腔，在某個書櫃旁邊，他發現了一名倒在地上的男生，仔細一看，那竟然是──

「陸、陸博文？」

陸博文的背部有道看似利器造成的傷口，不斷湧出的鮮血在制服外套上擴散開來。

韓品儒不敢直視他的傷口，於是把視線投向陸博文的右手，只見他手裡有張塔羅牌，圖案隱約是個頭戴金冠的女人。

「呃……」陸博文發出痛苦的呻吟。

「那、那個……你流了很多血……到底發生了……」

「我……被人……呃……走廊……急救箱……」

校園裡的走廊皆有配置急救箱，韓品儒趕緊衝出去拿了一堆急救用品回來。他手忙腳亂地想幫陸博文止血，卻無濟於事。

「血、血止不了……要怎麼辦……」

「呃……你去木工教室……拿烙鐵……或是打火機……」

「烙、烙鐵？打火機？爲什麼？」

「火……可以止血和殺菌……」

韓品儒想起陸博文的叔叔是醫生，陸博文本身也有志從醫，判斷應該不會有錯。

「那、那……好的，我現在就去拿，很快就回來，你千萬要撐下去！」

拋下這句話，韓品儒走向教材室門口。

「韓……品儒……」陸博文忽然叫住他。

「怎、怎麼了？」

「小心點……遊戲……開始了……」

韓品儒不禁一凜。

✡

回到第三校舍的三樓，韓品儒正要沿著空橋前往位於第四校舍的木工教室，「轟」的一聲巨響卻阻止了他的腳步，聽起來好像是牆壁被什麼打穿了。

他轉過頭，只見走廊上塵土飛揚，地上還有不少混凝土碎塊，沙塵滾滾之中，一個人正在往這邊跑過來。

那是一個如拳擊手般高壯的男生，身上血跡斑斑，手裡拿著菜刀，一副凶神惡煞的模樣。

是劉威！

劉威特別喜歡挑文弱的人下手，雖然因爲有兩位好友撐腰的關係，韓品儒沒被劉威找過碴，但他還是不敢跟劉威有任何接觸。

見劉威手裡拿著凶器，韓品儒有如受驚的兔子般跳了起來，跑過空橋，往第四校舍的方向拔足狂奔。

抵達第四校舍，他想躲進木工教室裡面，卻發現教室的門上鎖了。

急得方寸大亂之際，他忽然想起了「吊人」，於是運用能力走上牆壁，藏身在走廊天花板的暗槽。

韓品儒才剛躲好，劉威便來到走廊，卻跑沒幾步就在木工教室前方仆倒。

劉威身上的血原來不是被其他人沾到，而是屬於他自己的。

劉威居然會受傷……這所學校裡有誰傷得了他？

數秒後，韓品儒內心的疑問得到了解答，赫然是經常被劉威欺負的林尚斌。

林尚斌跟韓品儒一樣，在班上存在感薄弱，劉威有事沒事就把他當成玩具任意欺負，眼下的情況卻恰恰相反。哪怕劉威手上有菜刀，林尚斌仍是隨便一腳就把他踹飛到牆上。

下一刻，木工教室的門打開，一道倩影從裡面走了出來，是校花裴雪姬。

她先是利用自己的美色卸下林尚斌的心防，之後再藉由「戀人」塔羅牌的能力，將林尚斌變成自己的奴隸。

這一幕讓韓品儒看得瞠目結舌，他印象中的裴雪姬是個弱質纖纖的女孩，像白雪公主般楚楚可憐，想不到搶奪起塔羅牌竟毫不手軟。

等到兩人的背影都消失了，韓品儒這才悄悄從天花板溜下來，拍掉身上的蛛網和灰塵。

他走到劉威身邊，只見這個全班最高最壯的男生因爲林尙斌剛才的一擊，後腦勺狠狠撞上了牆壁，頭顱成了破裂的蛋殼……他稍微瞥了一眼便別過頭去。

他對劉威算不上有好感，但畢竟同學一場，目睹對方慘死還是忍不住心情低落，同時他也覺得林尙斌出手未免太過狠辣，實在沒必要做到這種地步。

【NO.15 劉威：確認死亡。餘下人數：22人。】

遊戲，開始失控了。

✡

韓品儒在木工教室找了一陣子依舊找不到烙鐵，於是決定前往位於第二校舍的工具室。當他來到第二校舍時，卻被兩名男生攔住了去路。

「韓品儒，你剛才去哪裡了？怎麼沒跟我們一起找塔羅牌？」

其中那個臉上如月球表面般坑坑疤疤的男生問道，他是梁智凡，和另一個男生跟韓品儒一樣，都是第二組的。

「我、我之前因爲繫鞋帶，所以在教室多待了一會，之後就來找你們了。」韓品儒回答，「那、那個……我剛才遇到了陸博文，他被人刺傷了，然後劉威……被殺了。」

「嗯，我們都收到了塔羅遊戲的通知訊息，劉威那傢伙老是橫行霸道，死了還眞是活該啊。對了，你有找到塔羅牌嗎？」

梁智凡看似問得漫不經心，眼神卻在閃爍。韓品儒想起方才在木工教室走廊上演的爭奪事件，心裡突然忐忑起來，決定不把事實和盤托出。

「我……我沒有。」

「哦，是嗎？」梁智凡眼裡閃過一絲懷疑，「算了，先別說這個了。我有另一件事想問你……你眞的相信班長那套鬼話嗎？」

「欸？」

「雖然你在班上沒啥存在感，但你其實不是笨蛋。看你跟班長混得這麼熟，我就知道你滿會做人的，你是把他當靠山對吧？」

梁智凡自以爲是的態度讓韓品儒頗爲反感，不過他仍是耐著性子反問：「我、我不是很明白你的意思……可以請你說得清楚一點嗎？」

「好啦，我的意思是，我們還是自救比較好。班長是好人沒錯，但你不覺得他的計畫有點天眞嗎？如果班上所有人都像他那麼正直也就算了，可是有的人根本居心叵測，我可不信他們眞會乖乖地把找到的塔羅牌交出來。你也不會願意把性命交給可疑的人吧？到了這種地步，哪有人不先顧自己的？」

「那、那你到底想……」

「我想招攬你加入我們的隊伍。」

梁智凡指了指自己和身旁的男生。

「放棄追隨班長，我們自己想辦法攻略這個遊戲吧。規則中不是提到擁有最多牌的三個人就是勝利者嗎？那我們就來組一個三人隊伍，一起把二十二張塔羅牌弄到手，這樣每人至少可分得七張，鐵定可以勝出遊戲。」

當聽到「放棄追隨班長」這句話時，韓品儒便不想再跟梁智凡說話了，對方後面說了什麼他全都沒聽進去。

「你、你們的做法似乎不適合我……我還要去工具室，先走了。」

梁智凡和他的同伴突然沉下臉來，互相使了記眼色。

「我們不會讓你離開的，除非留下你的塔羅牌！」

梁智凡前面鋪陳了一大堆，到頭來還是想搶奪塔羅牌。

兩名男生一前一後擋住了韓品儒，以爲他絕對無處可逃，哪知韓品儒運用了「吊人」的能力，直接踩上牆壁逃走。

「那肯定是塔羅牌的能力！快抓住他，搶走他的牌！」梁智凡氣急敗壞地高叫。

韓品儒踩著天花板越過梁智凡的頭頂，迅速與兩人拉開距離，接著從牆上一躍而下，直接奔下樓梯。

「可惡！不要逃！使用『月亮』！」

梁智凡話音一落，韓品儒眼前轉瞬變得漆黑一片，宛如落下了夜幕。

只聽後面傳來一聲「去死吧」，韓品儒隨即被一雙手狠狠推了一把，身體不受控制地直栽到樓梯最下方。

喀！

意識到這是頸椎錯位的聲音的瞬間，他昏了過去——

✡

「……妳眞的要在這傢伙身上使用塔羅牌？別忘了這張牌使用過三次後，卡牌就會永遠消失了。」

「但是他傷得很嚴重，脖子都變形了……」

「那也死不了，他不是還有呼吸嗎？最多終身癱瘓。」

「小伊！」

「算了，妳喜歡就替他治療吧，看他醒來後會不會感激妳。」

「感激是不用，只要他……」

兩名女生的對話隱隱約約地傳入韓品儒耳中，他想睜開眼睛，眼皮卻異常沉重，身體其他部位也一樣。

「那奈奈就用啦。使用『太陽』，治療韓品儒——這樣說應該可以吧？」

這瞬間，韓品儒感到全身像是被一層溫暖的陽光包裹，四肢百骸彷彿有暖流潺潺而過，麻木的感官逐漸恢復知覺，連思緒也變得清晰起來。

他緩緩睜開眼睛，看見兩名女孩。

左邊那個有雙茶色的圓圓大眼，小小的臉蛋被華麗的捲髮襯托著，整個人散發出千金小姐的氣息；右邊那個五官輪廓分明，膚色是健康的淺棕色，令人聯想到南國的美少女。

這兩名女孩分別叫歐陽奈奈和武唯伊，她們靠得很近，猶如要把韓品儒鼻頭上的雀斑都數個清楚。韓品儒很少被女孩子這樣專注地凝視，頓時只覺心跳加速，臉一下紅得和熟透的番茄一樣。

「蝦蝦尼久了偶……啊，我是說謝謝妳救了我，歐、歐、歐陽同學。」

韓品儒跟好友以外的人說話本就會口吃，此時更是緊張得舌頭打結。

「噗，我是奈奈啦。」歐陽奈奈露出孩子般純眞的笑容，「你直接叫奈奈的名字就可以嘍。」

「謝、謝謝妳，歐陽……那、那個，奈奈同學。」

他用手肘撐著地面起身，忽然想起一件十萬火急的事。

「對了，陸博文！我要快點去拿打火機和烙鐵幫他止血！等、等等……奈奈同學，妳的塔羅牌可以幫人療傷對吧？妳、妳可以去救救陸博文嗎？」

「奈奈的『太陽』是可以幫人療傷、把他們恢復到參加遊戲前的狀態沒錯啦，可是……奈奈爲什麼要幫陸博文治療？」歐陽奈奈說著，嘟起了粉嫩的小嘴。

「陸、陸博文他傷勢很嚴重，快要死了！」韓品儒著急地說。

「好吧。要奈奈治療陸博文是可以，不過有一個條件……」歐陽奈奈慢條斯理地拖著尾音，「你要跟奈奈交往，當奈奈的王子殿下！」

「嗄？」

這個超展開令韓品儒愣住了，他完全不敢相信自己的耳朵。

「妳、妳、妳是說……交、交、交、交、交往？」

「不行嗎？奈奈可是你的救命恩人，對待救命恩人要以身相許是常識吧？」歐陽奈奈嬌蠻地表示，「如果你不肯跟奈奈交往，那奈奈就不救陸博文嘍！」

「不！」韓品儒緊張地說，「請、請妳一定要救救陸博文！」

「那你願意當奈奈的王子殿下嗎？」

歐陽奈奈雖然有點公主病，不過論外貌的話，在班上能夠排在前三名，要是換成其他男生面對這個要求，多半是難以拒絕。

然而韓品儒就是無法把「願意」這兩個字說出口，即使被說古板也好，他還是想把第一次告白留給真正喜歡的女生。

「那、那個……」

正要說出拒絕的話語時，他的眼角餘光瞥見歐陽奈奈手上的「太陽」，陸博文的慘狀浮現在腦海，於是他又猶豫起來。

「你到底是願意還是不願意？」歐陽奈奈不耐煩地問。

韓品儒深知陸博文的傷勢不能再拖，於是心一橫衝口說道：「我、我願意！」

聞言，歐陽奈奈開心得滿臉放光，眼睛彎成兩道可愛的月牙。

「你是眞心喜歡奈奈、眞心想跟奈奈交往的嗎？」

「是、是的……」

「你還是乖乖說眞話吧。」

武唯伊冷冷插口，並且用食指和中指夾著一張塔羅牌，展示給韓品儒看。牌卡上的圖案是名穿著長袍的女性，胸前掛著十字架，端坐在石椅上，兩旁有一黑一白的兩根柱子。

「看到沒？這張牌叫『女祭司』，作用是分辨謊言，所以別想在我面前撒謊，我馬上就會聽出來。」武唯伊說，「不過像你這種把想法都寫在臉上的人，即使不用這張牌也猜得出在撒謊。」

「呃……」韓品儒窘迫地撓著腮。

「如果你不喜歡奈奈，直接說出來就好，爲什麼要說謊騙奈奈？」歐陽奈奈生氣地質問。

「那個……我……我……」

韓品儒漲紅了臉，支吾了半天仍是說不出一句完整的話。

「對……對不起，我不該欺騙妳。」他慚愧地垂下頭，「剛、剛才我因爲擔心陸博文的傷勢，想借用妳的『太陽』醫治他，所以對妳說了謊……」

歐陽奈奈像倉鼠般鼓著腮，沒有作聲。

「被、被人喜歡眞的是一件很榮幸的事，可惜的是，現在的我還沒有成爲妳的……王、王子殿下的準備，如果妳不介意的話，我、我、我們先從朋友做起吧。」

韓品儒鼓起平生最大的勇氣說出了這番話，說完頭頂都快冒煙了。見歐陽奈奈沒有反應，他尷尬得只想立刻逃離現場。

「那、那麼……我要快點去找陸博文了，再見。」

韓品儒正想轉身離開，歐陽奈奈卻開口了。

「你剛才說的話……是真的嗎？」

「欸？」

「你說先從朋友做起……是真的嗎？」

「那……那是真的。」韓品儒滿臉通紅。

歐陽奈奈用詢問的眼神看著好友，武唯伊嘆了口氣，「好啦，他這次沒說謊。」

沉默數秒，歐陽奈奈冷不防說：「品儒同學，帶奈奈去吧。」

「帶、帶妳去？」

「帶奈奈去陸博文那裡，奈奈會用『太陽』幫他治療。」她咬了咬唇，「另外，既然你想當奈奈的朋友，那奈奈就大發慈悲地答應你吧！」

不知是否錯覺，在這個當下，韓品儒突然對歐陽奈奈有那麼一點心動。

「謝、謝謝妳……那我們快點去吧！」

✡

三人一起回到教材室，歐陽奈奈使用「太陽」將陸博文從死亡邊緣拉回來。

「歐陽奈奈，謝謝妳。」陸博文復原後，立刻由衷地向歐陽奈奈致謝。

「是品儒同學叫奈奈救你的，你要道謝的人是他呢。」歐陽奈奈搖頭。

「韓品儒，如果沒有你的話，我早就死了，眞的很感謝你。」陸博文轉向韓品儒說。

「不不不，我們是同學，我只是做了我應該做的事……」韓品儒趕緊搖手，「還、還有，我好像知道襲擊你的人是誰了。」

「是誰？」其餘三人不約而同地問。

「是、是劉威。」韓品儒回答，「我、我稍早遇到他，發現他手裡拿著一把菜刀，上面還染有血跡，襲擊你的人說不定就是他，不過他已經……被林尙斌殺死了。」

「原來是劉威那混蛋！」陸博文恨恨地搥了牆壁一下，「之前我一進入教材室，背後忽然傳來聲響，我還來不及回頭看究竟是誰便被捅了一刀，然後那傢伙就像一陣風似的衝了出去，溜得有夠快的！」

「我、我當時正好在上面的樓層，聽見你的叫聲就下來查看了，不過我也沒見到兇手的樣子……」韓品儒說。

「菜刀嗎……劉威那傢伙是拳擊社的，對自己的拳頭和蠻力很有信心，使用武器不太像他的作風呢。」武唯伊沉吟。

聽她這麼說，韓品儒也頗感納悶，不過劉威已經死了，陸博文又已徹底被治癒，事情也算是告一段落了。

四人的手機同時響起鈴聲。

「請各位同學盡快返回二年一班教室，彙報塔羅牌收集進度。」

看到李宥翔傳來的訊息，韓品儒這才想起三個小時早已過了，現在差不多是下午兩點，按照約定，他們必須回教室集合。

003 星星

回到位於第一校舍的二年一班教室，韓品儒原以爲所有同學應該都到齊了，沒想到只有李宥翔和溫郁謙在。

見韓品儒出現，李宥翔一副鬆了口氣的樣子。

「品儒你終於來了，我以爲連你也忘了要集合呢。大家都還好嗎？」

「才不好！」陸博文咬牙切齒地說，「劉威那混蛋不知發什麼神經，居然想殺了我！要不是韓品儒和歐陽奈奈，我現在早就死了！」

「說起來，剛才確實收到了劉威的死訊……」李宥翔皺起眉頭，「有人知道是怎麼一回事嗎？」

韓品儒簡單說明了事情經過，之後問：「其他人呢？他們在哪裡？」

「大家分散開來找牌，一下子就不曉得跑到哪去了，我和宥翔也是剛剛才會合……」溫郁謙說著，啃了一口巧克力棒，即使在這種情況下，他仍是零食不離手。

「我已經傳訊息提醒大家記得集合，沒意外的話，他們大概在回來的途中……希望是這樣。」李宥翔露出頗爲擔心的表情，「對了，你們有找到塔羅牌嗎？我和郁謙運氣很背，一張也沒找到。」

「我找到一張叫『正義』的牌。」陸博文說，「我確認了一下描述，這張牌可以奪走方圓十公尺內擁有最多塔羅牌的人的所有卡牌，再隨機平分給在場所有人，不過每名玩家只限使用一次。」

「我、我找到的牌是『吊人』，能力是可任意行走在牆壁和天……」韓品儒一邊說一邊伸手去摸放在口袋的卡牌，「咦？怎麼不見了？」

他馬上打開手機，懊惱地發現收集冊裡的「吊人」消失了，這張塔羅牌的持有權已不屬於他，大概是昏倒時被梁智凡奪走了。

「奈奈找到的牌叫『太陽』，能力是可治療最多三名受傷的玩家，讓他們恢復到遊戲前的狀態。把限額用完後，卡牌就會永久消失，現在已經使用兩次了。」歐陽奈奈說。

「我也找到了一張，名稱是『女祭司』，能力是分辨謊言，但只能用於是非題——」

武唯伊話未說完，樓上突然傳來女生的尖叫，眾人交換了一個疑惑的眼神，接著一起趕上四樓。

來到四樓走廊，只見三名女孩跌坐在地上，互相抱著發抖，一副嚇壞了的樣子。

這三人之中，化著濃妝的叫倪心娅，她仗著自己是學務主任的親戚，在學校裡作威作福、欺壓同學，這也為她贏得了「惡女」的外號。另外兩名身材甚壯的女孩則是她的死黨兼跟班，田娟和趙娜。

「發生什麼事了？」李宥翔問。

「我、我們……剛才正要……回去、去教室集合……」倪心娅結結巴巴地說，牙關不住打顫，「卻在那邊……看到了……怨……怨……怨靈……」

「怨靈？」

「沒錯……那是……一個女生……就是那個……巫……巫……巫綺蕾……」

聽到「巫綺蕾」三個字，所有人都吃了一驚。

巫綺蕾其實也是二年一班的學生，她性格內向、行爲古怪，總是獨自窩在座位上玩塔羅牌，班上的同學大都避著她，她也沒半個朋友。

有時她的物品會被惡意藏起來或弄髒，更有人會對她進行言語和肢體上的攻擊，欺凌的手段層出不窮。

一個多月前，她因爲遭受嚴重霸凌，導致失去了一隻眼睛，自此再也沒有來上學，之後更傳出她自殺身亡的消息。

至於霸凌她的人，正是倪心婭一夥。

「妳看錯了吧？怎可能會有怨靈？」溫郁謙質疑。

「我……我沒看錯！那確實是巫綺蕾的怨靈，是我親眼見到的！」倪心婭情緒激動，信誓旦旦地說。

田娟也接著開口，並顫抖著手伸出食指，指向走廊的盡頭。

「剛……剛才我們看到那邊有個女生，以爲是哪個同學……結果那個女生回過頭來，她的臉……她的臉……跟巫綺蕾一模一樣，左眼還戴著眼罩！當我們想再看清楚的時候，她就消失在轉角了！」

「那一定是巫綺蕾的怨靈，一定是！」

倪心婭扯開嗓門高聲說。

「說起來，從早上開始我就覺得不對勁，這個遊戲的出現絕對是有原因的，肯定是哪個幕後黑手在搞鬼，說不定就是巫綺蕾……不，一定是她！那傢伙陰陽怪氣，又喜歡玩塔羅牌，這遊戲一定是她搞出來的！」

「所謂的怨靈只是人類的想像，不可能存在於現實，科學點好不？」陸博文不以爲然地搖頭，「妳們見到的情況應該是其他原因所導致的，跟怨靈沒半點關係。」

「雖然怨靈是很不科學，不過這個塔羅遊戲同樣不科學啊。」溫郁謙提出相反意見，「離開學校就會死、抵制遊戲也會死、完全與外界失聯……這些是人類做得到的嗎？如果說是由怨靈引起的，說不定還比較有可能呢。」

「只要發出干擾訊號的電波、切斷電纜，便能造成失聯的假象。」陸博文推了推眼鏡，「幕後黑手多半是在某處透過針孔攝影機監視著我們，只要我們的行動沒有按照他的劇本，他就會引爆不知何時植入我們體內的炸彈，對我們處刑。」

「那你要怎麼解釋那些塔羅牌的能力？『吊人』能讓人飛簷走壁、『太陽』能在瞬間治癒重傷，這些也可以用科學解釋嗎？」

「這……說不定是有人把我們集體催眠了，我們正躺在某個地方，以精神連結進行虛擬遊戲……」

「那還不如乾脆說我們在做夢吧？」

「各位，關於這個遊戲是怎麼引起的，繼續爭論下去也不會有結果，我們先打住這個話題吧。」李宥翔跳出來打圓場，「但我可以肯定的是，這個遊戲跟巫綺蕾的怨靈一點關係也沒有。」

「爲什麼？」韓品儒問。

李宥翔遲疑了一下，「因爲……巫綺蕾其實還活著。」

聽他這麼說，所有人都十分詫異。

「咦？她不是自殺了嗎？」溫郁謙問。

「巫綺蕾確實曾經企圖自殺，不過之後被救了回來，目前正在家裡休養。校方打算在下禮拜正式向大家說明情況，班導要我先別告訴其他同學。」

眾人恍然大悟。

「可惡！居然被巫綺蕾擺了一道！」倪心婭往地上恨恨啐了一口，「就算不是怨靈，這個塔羅遊戲依然有很大機會是巫綺蕾弄出來的！她今天絕對也回到了學校，偷偷躲起來看著我們玩遊戲！」

「這麼說來，我原本就覺得塔羅遊戲的通知訊息有點奇怪。」武唯伊皺著眉，「不計巫綺蕾，我們班只有二十四個人吧？可是在龐哲元死後，訊息卻顯示剩餘人數仍舊是二十四人，難道巫綺蕾眞的……」

「有一個方法可以查證巫綺蕾是否眞的回到了學校。」

李宥翔實事求是地開口。

「我們學校的圍牆很高，頂部又安裝了防盜裝置，要攀越是很困難的，想進入校園只能走正門或後門。這兩個地方都設有監視器，只要去警衛室調閱監視畫面，就可以得知巫綺蕾到底有沒有回來。」

在倪心婭的催促下，眾人動身前往位於第二校舍一樓的警衛室。

抵達警衛室後，他們以快轉的方式檢視今早的監視畫面，看到一半，倪心婭指著螢幕高叫起來，臉上露出得意的表情。

「看吧，是巫綺蕾！我就說她回來了！」

根據影像，巫綺蕾是在早上七點左右來到學校的，她先是東張西望了好一會，之後才躡手躡腳地從後門進入校園，像是害怕被人發現。

「巫綺蕾出現了！」歐陽奈奈突然尖叫。

「我知道啊，剛剛不就說她回來了嗎。」倪心婭沒好氣地白了她一眼。

「不，她現在出現了！看那個螢幕！」

眾人順著歐陽奈奈手指的方向望向另一個螢幕，畫面上有一名身形瘦削得詭異的女孩，正在走廊上鬼祟地探頭探腦。

「班長，這個螢幕顯示的是哪裡的監視器？」陸博文問。

「教務處外面的走廊。」李宥翔回答。

「快去抓住她！逼她結束這個遊戲！」「沒錯，不要讓巫綺蕾逃了！」

「等一下！」

倪心婭和她的跟班無視李宥翔的阻止，率先衝出了警衛室，其他人連忙跟上。

來到位於第三校舍一樓的教務處，倪心婭三人一見到待在走廊上的長髮女孩，便像一群飢餓的母獅子般衝過去把對方撲倒在地，不住地對她拳打腳踢。

「可惡！居然弄出這麼一個遊戲！」「去死吧！」

「快住手！」李宥翔趕緊把雙方分開，並且將那名女孩護在身後，「妳們怎可以這樣對待同學？」

那個女生頂著一頭枯黃的長髮，身材瘦得像紙片人，骷髏似的臉龐泛著不健康的蠟黃，左眼戴著紗布眼罩，右眼深深陷在眼窩，正是與眾人睽違了一個多月的巫綺蕾。

「她是把我們捲進這個遊戲的罪魁禍首，就算被殺了也活該，只踢個幾腳又算得上什麼？」倪心婭不滿地瞪著李宥翔。

「不，我們還沒有證據可以證明這個遊戲是巫綺蕾引起的，怎能斷定她就是罪魁禍首？」李宥翔反駁。

「證據？我多的是！」倪心婭冷笑，「首先，巫綺蕾很喜歡玩塔羅牌，這個遊戲又正好叫塔羅遊戲，一聽就知道大有關係！其次，巫綺蕾因爲眼睛瞎掉而對大家懷有怨恨，她有充分的動機把同學們捲入遊戲進行報復！最後，她不可能無緣無故回來學校，想必是爲了發動這個遊戲！」

「妳提出的這些所謂證據，某種程度而言都可以用巧合來解釋，算不上強而有力的佐證。」李宥翔說，「根據無罪推定原則，在被證實有罪之前，巫綺蕾都是無辜的。」

「現在都什麼時候了，讓原則都他媽的見鬼去吧！」趙娜嗆他。

「總之我們不能未審先判，誣衊巫綺蕾是幕後黑手。」李宥翔相當堅持。

「那我們現在就開始審問吧！」倪心婭不耐煩地咂嘴，「喂，巫綺蕾，妳就是引起這個塔羅遊戲的幕後黑手吧？快點從實招來！」

面對倪心婭的質問，巫綺蕾僅是倔強地咬著下唇，沒有發出半點聲音。

「妳爲什麼不說話？不說話就當妳默認了！」

「巫綺蕾大概只是緊張，不知該如何開口，不要這樣逼她。」李宥翔緩頰。

「班長，你這麼維護巫綺蕾，眞的有心要把事情查個水落石出嗎？」倪心婭語帶譏諷，「你該不會很想繼續玩這個遊戲吧？你是那種喜歡看大家被玩弄的變態嗎？」

「身爲班長，帶領全體同學脫離險境是你的責任！」趙娜也高聲道，「還是說你這個班長只是叫好聽的？那你還配嗎？」

「喂，妳們說話放尊重點！」溫郁謙忍不住駁斥，「如果宥翔不配當班長，難道妳們就配了？」

「這場遊戲完全是無妄之災，我跟大家一樣，希望它越快結束越好。」李宥翔從容不迫地回應，「只是我不想冤枉好人，而且一味逼問也不是辦法，即使巫綺蕾否認，妳們也未必會相信，仍是會抓著那些所謂的證據攻擊她。」

「那你想怎樣？」倪心婭惡聲惡氣地問。

「『女祭司』。」李宥翔輕輕吐出三個字，「只要使用這張能夠辨別謊言的牌，再配合幾道問題，便能確認巫綺蕾是否幕後黑手。大家覺得這個提議怎樣？」

這個提議合情合理，所有人都表示贊成，倪心婭等人也說不出反對的理由。徵得眾人同意後，李宥翔看向巫綺蕾。

「巫綺蕾，我接下來會問妳幾個問題，妳只要回答『不是』就可以。如果武唯伊認為妳沒有說謊，妳的嫌疑就會完全消除，任何人不得再為難妳。」

李宥翔刻意加重最後那句話的語氣，同時瞧了倪心婭一眼，倪心婭則是哼了一聲。

「巫綺蕾，妳是塔羅遊戲的幕後黑手嗎？」李宥翔問。

被眾人圍在中間的巫綺蕾低垂著頭，任由長髮像簾子般擋住臉龐，卻沒有掀動嘴唇。

「那妳知道關於這個遊戲的內幕嗎？」

李宥翔接連問了好幾個問題，巫綺蕾均是不肯回答，彷彿嘴巴被縫上了一樣。

「巫綺蕾，我很想幫助妳，替妳洗刷嫌疑，但我需要妳的配合。」李宥翔再次強調，「請妳開口說話吧，只要說一句『不是』，我保證大家再也不會找妳麻煩。」

回應他的，除了沉默仍是沉默。

「班長，這下連你也無話可說了吧？」倪心婭一副得理不饒人的嘴臉，「如果巫綺蕾眞的不是幕後黑手，為什麼她不開口澄清？哪怕只是說句再簡單不過的話？這是因為她作賊心虛，怕一開口就會被我們拆穿！」

雖然倪心婭的態度很惹人厭，不過她的話不無道理，這讓本來相信巫綺蕾是清白的人都開始動搖了。

「她的確有權保持沉默，可是她的態度……確實十分惹人懷疑。」李宥翔也只能贊同，

「巫綺蕾，請妳認眞回答——妳是塔羅遊戲的幕後黑手嗎？」

每個人的視線都緊緊鎖在巫綺蕾身上，靜待她說出答案。良久，一道令人頭皮發麻的笑聲從她嘴裡傳出，宛如有人正在用斷裂的指甲撓黑板。

「嘿嘿嘿嘿嘿……」

巫綺蕾緩慢地抬起頭，用僅存的右眼把所有人輪流打量一遍，那不帶半點光芒的純黑眼瞳猶如深不見底的洞窟，與她對上視線的人都忍不住寒毛直豎。

「沒錯……」巫綺蕾從齒縫間迸出充滿怨恨的話語，「我就是……塔羅遊戲的幕後黑手……這個遊戲是因我而起的……你們這些罪孽深重的人渣，統統給我去死吧！死吧！」

巫綺蕾說完，掏出一把前端異常尖銳的剪刀，狠狠地朝歐陽奈奈劃去。

「啊！」歐陽奈奈下意識地伸手抵擋，結果手臂被劃出一道既長且深的傷口，鮮血頓時噴出。

「奈奈！」武唯伊驚叫。

行凶得逞後，巫綺蕾迅速朝樓梯口拔足狂奔，倪心婭等人叫罵著追了上去。

李宥翔詢問持有「女祭司」的武唯伊：「剛才巫綺蕾說的……」

「她說的全是眞的。」武唯伊咬著牙，「巫綺蕾肯定就是塔羅遊戲的幕後黑手！」

✡

眾人先是陪同歐陽奈奈前往保健室處理傷口，之後繼續在校舍各處搜尋巫綺蕾的蹤影，可是那名鬼魅般的女孩竟似是消失在了空氣中，怎樣也找不到。

無可奈何之下，他們只好先返回教室從長計議。

「原來巫綺蕾眞的是塔羅遊戲的幕後黑手，我們一定要抓住她，逼她結束這個遊戲。」

「如果她不肯呢？巫綺蕾一副跟我們有深仇大恨的樣子，應該不會輕易放過大家。」

「不肯的話就只能來硬的了，這可是關乎全班同學的性命，即使用嚴刑逼供也要逼她就範！」

「如果她還是冥頑不靈，那就乾脆把她殺了吧！只要幕後黑手死了，遊戲自然也會結束了！」

聽眾人討論的內容越來越偏激，韓品儒不禁膽顫心驚。

「那個，要是我們向巫綺蕾道歉的話……」田娟帶點猶豫地提議，「說不定她會願意結束遊戲？」

「我又沒有做錯，爲什麼要道歉？」倪心婭狠狠送了田娟一記眼刀，嚇得田娟嚥了下口水，「而且那傢伙怎可能因爲一句話就收手？妳沒看到她那像要殺人的眼神嗎？我們一定要先下手爲強把她殺了！」

「等、等一下……」韓品儒弱弱地說，「我、我們不可能對同學嚴刑逼供吧？更別說殺人……」

「怎麼不可能？巫綺蕾都這樣對我們了，我們只是還以顏色罷了！」

「沒錯，如果不是她有錯在先，我們也不會這樣對她，這叫惡有惡報！」

「宥翔，你不會讓這種事情發生吧？」韓品儒向李宥翔求救，「殺死同學這種事……我們絕對不能做啊！」

在場眾人都把目光投到李宥翔身上，他沉默了一會，之後深深嘆了口氣。

「品儒，你有沒有聽過所謂的『電車難題』？」

李宥翔問。

「一列煞車壞了的電車正在行駛，前方的軌道上有五個工人，而後備軌道上只有一個。軌道旁邊有個操縱桿，如果你什麼都不做，電車將直直駛過去，那五個工人就會被撞死。如果你拉下操縱桿，電車將會駛進後備軌道，只有一個工人會被撞死。在這種情況下，你會怎樣做？」

「犧牲少數人拯救多數人不會有錯，怎麼想都應該拉下操縱桿。」陸博文推了下眼鏡，「正如飛機失事，若可以選擇要墜毀在人口稠密的大城市，還是人煙稀少的農村，大部分的機師都會選擇後者。」

「我也這麼認爲。」武唯伊贊同，「畢竟一個人的命總是抵不過五個人的。」

溫郁謙搔了搔頭，「這種問題我不懂啦，不過好像是拉下操縱桿比較好吧？」

「奈奈不知道！」歐陽奈奈露出苦惱的表情，「奈奈兩邊都不想選！」

「這種問題蠢斃了，有閒工夫在這裡討論有的沒的，還不如快點想辦法把巫綺蕾找出來！」倪心婭罵道。

見韓品儒默不作聲，李宥翔又說：「你似乎做不了決定，那我換個方式來問吧。假設前方的軌道是我和郁謙，另一條軌道是個犯罪者，那你會怎樣做？你會眼睜睜看著我和郁謙被撞死嗎？」

韓品儒脫口答道：「當然不會！」

「看來答案已經出來了。」李宥翔淡然一笑，「我們現在的處境本質上跟電車難題是相似的，全體同學是前方軌道上的工人，巫綺蕾則是那個後備軌道上的工人。無論犧牲哪一邊都是痛苦的決定，可是什麼都不做的話，就等於要把全體同學送上斷頭臺。」

聽完李宥翔的分析，韓品儒再度陷入了沉默。雖然這番話不無道理，但不知爲什麼，他的內心深處仍有一絲不確定。

「如果你依然覺得拉下操縱桿有問題，那你可以把我們想成是集體自衛或緊急避難，而非蓄意殺人，畢竟你自己其實也在軌道上面呢。」李宥翔淡淡說。

「品儒，不要鑽牛角尖了。」溫郁謙拍了拍韓品儒的肩，「宥翔總是設想得很周到，他說的話不會有錯啦。」

之後，他們再次在校舍裡展開搜索，李宥翔傳了訊息給其他沒前來集合的同學，請他們幫忙一起找巫綺蕾，然而並未收到任何人的回覆。

韓品儒雖然跟著大夥兒行動，但態度遠不如其他人積極，心裡的不祥預感越來越強烈，他總感覺事情正在朝危險的方向發展。

他今天沒喝多少水，此時卻突然內急起來，於是去上了洗手間。解決完生理需求正準備離開時，目光一瞥卻發現洗手間裡的置物櫃似乎被移開了一點。

雖然不認為巫綺蕾會躲在男洗手間裡，更何況是這樣狹窄的地方，他還是稍微往櫃子後面瞄了一眼——

「嗚哇！」

這一眼讓韓品儒發出了慘叫，往後一屁股跌坐在地。

只見一名極其瘦削的女孩被夾在櫃子和牆壁之間不足一尺的空間裡，猶如都市傳說中的隙間女。那張臉上唯一的一隻眼睛正狠狠地瞪著他，眼白布滿了血絲，流露出駭人的凶光。

韓品儒被她嚇得冷汗直冒、頭皮發麻，心臟狂亂地跳動著。

此刻他有好幾個選擇，可以把其他人都喚過來，也可以什麼都不做，當作沒看過她，又或者是——

「品儒，你好了嗎？」溫郁謙在外面的走廊喊道，「我們要去下一層了！」

韓品儒猶豫了下，之後回答：「你們先去吧，我……我拉肚子。」

等溫郁謙的腳步聲逐漸遠去，他掙扎了好一會，最終鼓起勇氣，壓低聲音對巫綺蕾說——

「妳、妳躲在這裡會被找到的，跟我來……」

✡

進入位於西校舍地下的禮堂、把厚重的大門關上後，光線和聲音便被隔絕在外頭。

這個禮堂最後一次使用是一年前戲劇社公演時，之後校方決定要對禮堂進行翻修，此處原則上就成了學生禁地。

禮堂呈半圓形，韓品儒和巫綺蕾一前一後，藉著緊急照明燈的微光慢慢走下了觀眾席的臺階，往舞臺的方向前進。

登上舞臺後，只見四周鋪著藍色的防水布，搭建了好幾層工程用的鷹架，還有許多建材散置。

韓品儒打開一扇位於舞臺旁的暗門，帶著巫綺蕾穿過狹窄迂迴的通道，再走下一列旋轉樓梯，來到一個奇異的空間——舞臺下方的地下室。

按下開關，吊在天花板的燈泡亮了起來，發出微弱的光芒，稍稍照亮了昏暗的環境。

地下室的高度很矮，空氣渾濁之餘還夾雜著霉味，牆壁是未經加工的水泥，放眼望去全是木造的梁柱和各種管線，以及成堆的道具和戲服。

韓品儒曾經幫忙戲劇社的顧問老師整理此處的雜物，因此對這邊的環境相當熟悉。

「躲、躲在這裡應該就不會有人發現妳了。」他對巫綺蕾說，「妳、妳放心，我不會暴露妳的行蹤的。」

巫綺蕾沉默了半晌，之後用異常沙啞的嗓音問：「爲什麼要幫我？」

被她這麼一問，韓品儒張開了嘴巴，卻不知該怎麼回答。

過了一會，他囁嚅著說：「我……我也不太清楚。可、可能是因爲我覺得大家對妳有點太不公平吧？即、即使妳是遊戲的幕後黑手，也應該先了解妳這麼做的原因，而不是一見到妳就喊打喊殺，更何況……妳、妳身上曾經發生了那樣的事。」

韓品儒忍不住回想起一個多月前的慘劇。

那天他因爲感冒請了病假，所以不在現場，事情的經過是溫郁謙後來告訴他的。

放學後，由於要準備校慶活動，大部分的同學都留在教室幫忙。二年一班的活動主題是咖啡廳，當日的工作內容是男生負責搬運物資，女生負責製作圍裙。

和往常一樣，倪心婭等人又藉機去找巫綺蕾的碴，動口還不夠，甚至動起手來。其他同學早已見怪不怪，各個視若無睹，並沒有人上前阻止或勸說。

如果李宥翔或鄭俊譽在場的話，倪心婭等人多半會收斂一點，可是那天兩人碰巧都不在，於是她們便越發肆無忌憚。

在扭打之間，巫綺蕾被倪心婭一夥推倒在地，那時她手上拿著裁布用的剪刀，刀尖竟好死不死刺中了她的左眼。

聽見騷動的聲音，其他人紛紛過來圍觀，起初以爲只是小事，但過了一會，有人發現巫綺蕾的樣子不太對勁，又驚見有鮮血和不明液體從她按著左眼的指縫溢出，這才意識到事態嚴重，於是趕緊去找老師，然而已經太遲了。

「你們是人渣這件事，我早就知道了，現在只是更加確定而已。」巫綺蕾的手覆在自己的左眼上，嘴裡吐出夾帶恨意的話語，「我永遠不會原諒你們……永遠不會！我要把你們統統送進地獄，讓你們被這個遊戲撕個粉碎！」

見她突然激動起來，韓品儒不禁縮了縮。

「關、關於妳失去了眼睛的事，我很遺憾……可、可是欺負妳的人是倪心婭她們，其他人都沒有……」

「其他人是沒有欺負我……但也沒有幫我。每個人都只是在旁邊嘲笑著看好戲，眼睜睜看著我被人欺負……爲什麼……爲什麼我要遭受這種對待……爲什麼……」

巫綺蕾發出受傷幼獸似的悲鳴。

「我究竟做錯了什麼？我只是靜靜地在角落做自己的事……爲什麼要欺負我……不……不要……眼睛……好痛……好痛……好痛啊！救救我！求求你！爲什麼沒人來救我……好痛苦……我好痛苦啊！」

巫綺蕾發狂般扯掉了左眼的眼罩，只見受傷的眼球已被摘除，左眼窩只剩下一道乾癟可怖的肉縫，眼淚卻仍是不停地從那裡流出來。

看著這樣的巫綺蕾，韓品儒的心臟宛如被一隻無形的手揪緊了。

「大、大家當時可能只是不曉得應該怎麼做……」

雖然嘴上這麼說，韓品儒也明白這說法不怎麼令人信服。

「其、其實大家還是關心妳的，我們都有去醫院探望妳，還拜託護理師把花束和打氣的卡片交給妳，可是妳一直不肯跟我們見面……」

「爲什麼要跟你們見面？再次自取其辱嗎？」巫綺蕾紅著眼反問，「你們在花束裡夾了刀片，以爲我沒發現？卡片裡的文字藏了『快點去死』這四個字，以爲我看不出來？」

這些事韓品儒是直到此刻才知情，不過巫綺蕾沒有給予他辯解的機會，只是不停地號哭，彷彿要把一直以來的委屈和怨恨統統發洩出來。

「你們希望我去死……我就死給你們看！讓你們內疚後悔一輩子！所以我在病房裡用你們給的刀片割腕自盡，你們得知後卻一點悔意也沒有……」

在聽聞巫綺蕾死訊的當晚，二年一班的論壇湧現了大量惡意留言。

「害蟲終於被掃除了！YEAH～」

「早就看她不順眼了，一副陰沉的樣子，只會窩在座位上玩塔羅牌，噁心死了」

「喂喂，人都死了，積點口德吧（X）」

「正是因爲她已經死了，不會看到留言，才可以這樣毫無顧忌地說啊wwwww」

「對啊，還怕她會回來報仇不成？XDDDDD」

沒有悼念、沒有內疚、沒有懺悔，她的死換來的只有同班同學的恥笑。

連日來身心飽受折磨的巫綺蕾，透過被淚水模糊的視線閱讀著這些惡毒的留言，它們就像無數醜陋的蛆蟲，貪得無厭地啃食著她那顆早已殘破的心。

「從那刻開始，我就決定了，我要報仇。動手欺負我的人、嘲笑我的人、圍觀的人、視而不見的人、若無其事活著的人……我要把所有人都拖進地獄！你們都是同罪！我要你們這些傢伙也嚐嚐我受過的痛楚！我要折磨你們，讓你們飽受痛苦和恐懼，統統去死吧！死吧！死吧！」

巫綺蕾發狂地詛咒著，韓品儒害怕之餘，內心卻又升起一絲憐憫，同時忍不住思考起一些事情。

他很幸運，有李宥翔和溫郁謙這兩位好友，在他們的羽翼庇護下，他即使在班上存在感薄弱，也不曾淪爲被霸凌的對象。

正因不曾被霸凌，在此刻之前，他從來沒有站在受霸凌者的立場好好想過。即使覺得被霸凌的人很可憐，他卻因爲害怕遭到池魚之殃，而從來沒伸出過援手，也從來沒意識到，袖手旁觀也會爲別人帶來傷害。

霸凌者、霸凌者的跟班，以及在一旁煽風點火的人固然可惡，但旁觀者同樣責無旁貸。無論受霸凌者怎樣聲嘶力竭地呼救，旁觀者依舊無動於衷，僅僅用冷漠的、看戲般的、高高在上的，甚至是幸災樂禍的目光注視這一切，這比什麼都更傷人，比什麼都更可恨。

「地獄最黑暗的地方，保留給那些在道德存亡之際袖手旁觀的人」——韓品儒腦中突然浮現這句從某本書上讀到的話。

比起加害者，有時旁觀者的罪孽可能更加深重。

沒錯，他是沒有義務去幫助巫綺蕾，或是爲任何發生在她身上的不幸負責，可是如果他能鼓起勇氣，多關心巫綺蕾一些，而不是和其他人一樣對她的處境視若無睹，事情是否就會有點不一樣？

可惜，後悔藥是不存在的，已經犯下的罪行無法逆轉。

沉默了一會，韓品儒再度期期艾艾地開口，聲音苦澀：「雖……雖然那天我並不在場，但妳被霸凌也不僅僅是那天的事……一直以來我都只是置身事外，從來沒有關心過妳，更別說幫助妳……我、我明白再多的道歉也無法彌補傷害，不過我還是想……把我的歉意傳達給妳……眞、眞的很對不起。」

巫綺蕾先是默然不語，之後咬牙切齒說：「說什麼對不起，最討厭像你這種僞善的人了，滿口漂亮的大話，到頭來還不是只想讓自己心裡好過一點。我不會原諒你，不會原諒你們……給我去死吧！」

巫綺蕾高舉剪刀，用力刺向韓品儒。

韓品儒大吃一驚，下意識地閃避，剪刀「噗」一聲刺中他身後的木柱。巫綺蕾的手臂雖如稻草人般細瘦，力氣卻甚是驚人。

把剪刀拔出來後，巫綺蕾緊接著又狠狠補了一刀，韓品儒及時伸出右手擋住，手腕被刀尖一下子貫穿。

「嗚呃！」

韓品儒痛得眼前發黑，連淚水也飆了出來。他強逼自己撐住，勉強把卡在骨肉裡的剪刀拔出。

「如……如果這樣做能讓妳消氣的話，我……我會讓妳刺，只是刺完之後，希……希望妳不要再怨恨大家了……」

目睹韓品儒的手腕血如泉湧，滴滴答答地落在地上，巫綺蕾似乎有點嚇到了，往後踉蹌了兩步。

「來……來吧，儘管刺個夠吧。」韓品儒忍著劇痛將沾滿鮮血的剪刀遞給她，「刺、刺吧！」

巫綺蕾呆呆地盯著那把剪刀，數秒過後，突然用雙手摀住耳朵。

「夠了！不要再說了！」

淒厲的尖叫在陰暗的地底空間迴盪。

「爲什麼要逼我做出這種事？爲什麼？都是你們不好，把我逼到了這個地步！這都是你們的錯！我不會原諒你們……永遠不會……」

在韓品儒的視線開始變得模糊之際，他見到了一名呼天搶地、憤世嫉俗的女孩。

她擰緊眉頭、咬緊牙關，每條扭曲的面部肌肉都寫滿怨恨，彷彿要把世上所有人活活肢解，再燒成灰燼，可是她的眼睛卻訴說著截然不同的故事。

她的眼睛，讓人看了好想好想流淚……

☆

「你知道嗎？割腕其實是一種死亡率很低的自殺方法，因為很多人都搞不清靜脈和動脈的位置。如果割的是靜脈，只會流一點血，之後便會由於血小板的凝血作用而停止，即使把手放進溫水裡割，也只會稍微增加出血量，血栓還是很容易形成。

如果割的是動脈，還要分橈動脈和尺動脈。割到橈動脈的話，鮮血會在一瞬間大量湧出，不過如果傷口沒有很大，平滑肌會收縮起來自行止血，且出血到一定程度後，血壓會下降、血流會減慢，更容易造成凝血。總之，我想說的是，你不會那麼輕易就死去。」

巫綺蕾以平淡自若的口吻，說出了令人忍不住起雞皮疙瘩的話。

「妳、妳為什麼會曉得這種事情？」韓品儒問，他的傷口仍痛得要命，可血確實已經止住了。

巫綺蕾並未回應，只是下意識拉了一下衣袖來蓋住手腕，韓品儒這才明白自己問了不該問的問題。

兩人相對無言，在寂靜如同墓穴的空間裡，只剩下他們的呼吸聲。

「那、那個……自從遊戲開始以來，已經有三個人死了。」韓品儒低聲說，「妳、妳的復仇成功了，那麼……應該可以終止這個遊戲了吧？」

「這個……我辦不到。」

「原、原因是……」

「別說我還沒有原諒大家，即使我決定不再復仇，我也不知道終止遊戲的方法。」

「咦？這、這個遊戲不是妳弄出來的嗎？」

「說是我『弄出來』的可能不太準確，但這個遊戲確實是因我而起，說我是幕後黑手我也認了。」

「那、那到底……」

巫綺蕾先是猶豫了一下，之後就像倒豆子般，把實情都說了出來。

「自從我下定決心要向大家復仇之後，就一直在思考方法。如果是使用普通的殺人方式，我沒有體力和技巧，多半會失敗……我拚命地想著我也能辦到的復仇方法，在網路上搜尋了很久，也看了許多書，可是沒有一種是可行的。正當我以爲自己永遠也沒辦法復仇的時候——」

昨天晚上，宛如有人知悉了她的心願一樣，巫綺蕾收到一則訊息，詢問她是否想向同學們復仇。

「我抱著一試無妨的心態回覆了訊息，之後便收到在今早回到學校的指示，這就是我出現在學校的原因。現在回想起來，那則訊息的寄件者名稱正是『塔羅遊戲』。」

聽完巫綺蕾的說明，韓品儒簡直不敢置信，然而他想不出巫綺蕾撒謊的理由。

「原、原來這個遊戲是因爲妳回覆了那則訊息才引發……可是爲什麼復仇要以遊戲的方式進行？還、還有，所謂的塔羅牌……到底是什麼來著？」

「你不知道塔羅牌是什麼嗎？」巫綺蕾問。

「我、我有稍微聽過，那好像是……一種挺邪門的占卜道具？我、我向來有點害怕這種東西……」

「不，塔羅牌並非邪門的東西。」巫綺蕾嚴肅地糾正，「雖然也有養血牌、召喚牌靈、跟惡魔簽契約等旁門左道的用法，但如果按照普通的方式使用，塔羅牌只是很平常的占卜道具，也可以用來玩紙牌遊戲，就和撲克牌一樣。應該說，撲克牌正是由塔羅牌演變而來的。」

韓品儒點了點頭表示明白，於是巫綺蕾繼續說下去。

「傳統的塔羅牌總共有七十八張，分成『大阿爾克那』和『小阿爾克那』兩種牌組，分別有二十二張和五十六張牌。我剛才研究了一下遊戲程式，裡面有二十二個空白欄位，因此這個遊戲會用到的卡牌應該只有大阿爾克那。」

巫綺蕾接著倒背如流地說出一連串的塔羅牌名稱，從編號0的「愚者」一直說到編號XXI的「世界」。

「原、原來是這樣，那妳有找到牌嗎？」韓品儒問。

「嗯，我找到的牌叫做『星星』，其中一項能力是在黑暗中也可以清楚看到東西，而且……」

巫綺蕾輕輕觸碰韓品儒的手臂，剎那間，韓品儒眼前出現無數璀燦星光，一閃一閃的，把昏暗的地下室點綴成夜空裡的銀河，兩人彷彿置身於天象儀的世界。

「……只要維持某種程度的接觸，還可以把能力分享給別人。」

韓品儒被眼前的景色迷住，呆呆地看得入神，直到巫綺蕾把手收回去才回過神。

「我、我明白了，因爲星星會發光，所以它的牌卡能力就是在黑暗中也能看見東西……這還滿容易聯想的。有、有些塔羅牌光聽名字也可以大概猜到能力，例如『力量』、『吊人』等等，但是有些就很抽象，像是『審判』、『世界』之類的……也太難猜了。」

「那些牌的話，或者可以從牌義去聯想。每張塔羅牌都有著不同的意義，有些塔羅牌專家會把這些牌義概括成一個或數個關鍵詞。『愚者』的關鍵詞是流浪，『魔術師』是創造，『女祭司』是直覺，『皇后』是豐收，『皇帝』是支配……『世界』是達成。」

巫綺蕾長期被同學們排擠，從來沒有人對她喜愛的事物表現過興趣，難得韓品儒問起，她便不厭其煩地爲他一一說明。

聽完她的講解，韓品儒由衷地感到佩服。

「妳、妳對塔羅牌知道得眞多呢，如果妳能運用這方面的知識幫助我們，必定可以增加大家通關的勝算。」

這句話卻讓巫綺蕾的臉色沉了下來。

「我爲什麼要幫助你們？我的頭被按進馬桶時，有人幫過我嗎？我的便當被摻了泥土時，有人關心過嗎？之前我需要你們幫助的時候，你們到哪裡去了？我已經決心要把復仇進行到底了，沒有人可以阻止我。」

「可、可是……這眞的是妳想要的嗎？」韓品儒低聲問。

「什麼？」

「我、我是說……復仇眞的是妳想要的嗎？看著這麼多同學悲慘地死去，眞的能夠塡補妳內心的傷痛？這、這樣做……眞的能夠使妳獲得幸福嗎？」

「自從我的左眼被刺中那刻起，復仇便是驅使我生存下去的唯一動力，除此之外沒有值得我牽掛的事。」巫綺蕾冷酷地表示，「當所有人都被遊戲殺死後，我也會自殺，這就是我追求的幸福。」

聽她這麼說，韓品儒心頭泛起了難以形容的酸楚。

「我、我不明白……爲什麼被人傷害後就只能走向毀滅，讓生命只剩下仇恨？」

「你懂什麼——」

「我、我可能什麼都不懂，可是我眞的不想看到妳這樣虐待自己……」韓品儒懇切地說，「被、被深深傷害過的妳，明明比誰都有資格好好地活下去，獲得眞正的幸福啊！」

「好好地活下去……你說得可眞輕鬆。」巫綺蕾的嗓音苦澀，「即使我現在回心轉意，也沒有能回去的方法了。復仇注定是條不歸路，我已經……不能回頭了。」

「只、只要妳願意，事情……總會有轉機。」

「你就不要騙我了。」

「我、我明白大家過去做了許多傷害妳的事，尤其是倪心婭她們……但、但我相信不是所有人都這麼壞，可能也有些人是像我這樣，出於某些原因而不敢踏出那一步，或是早已後悔了……」

韓品儒頓了頓，接著深吸一口氣，繼續說下去。

「別、別人我不敢說，至少我自己已經把妳當成……朋、朋友了。」

聞言，巫綺蕾突然抬起始終低垂的頭，定定地注視著韓品儒，右眼睜得極大，彷彿他說了什麼驚世駭俗的話。

「你是說……朋友？」

「我、我、我這樣單方面地認定可能有點自以為啦……」韓品儒尷尬萬分地別過頭，紅暈從耳朵一路蔓延到脖子，「可、可是我真的……把妳當成……朋、朋友了。」

「為什麼……」

「大、大家既然是同學，成為朋友不也是很自然的事嗎？」

巫綺蕾露出有點恍惚的表情，一幕又一幕畫面在她的腦海中浮現——她和大家在教室裡談天說地，在走廊上嬉戲笑鬧，在頂樓彼此分享便當，在校園結伴遊玩……

不，她甚至不奢望會有這些夢一般的待遇。

她想要的僅僅是大家對她露出微笑，真正把她當成二年一班的一分子，把她當成一個普通的同學，一個普通的……朋友。

可以嗎？這樣的我，真的可以成為大家的「朋友」？

正當巫綺蕾捫心自問的時候，左邊的眼窩冷不防傳來一陣強烈且尖銳的痛楚。

那些本來微笑著的同學臉孔逐漸扭曲、融化、崩壞……他們圍繞著她，發出高亢的笑聲，嘲弄她的外貌，說著各種極其傷人的話，把她推倒在地，用剪刀狠狠刺進她的眼睛——

「不要！」巫綺蕾慘叫，伸手摀住自己的左眼。

韓品儒嚇了一跳，「妳、妳怎麼了？」

「你不要再騙我了……我是不會上當的……這世上不可能會有人願意跟我做朋友！」

「巫、巫綺蕾……」

「你給我閉嘴！」

巫綺蕾拿著剪刀作勢要刺韓品儒，看到那把沾滿自身鮮血的剪刀，韓品儒不禁退縮。

就在此時，某處傳來異樣聲響，讓兩人同時一凜。

仔細一聽，原來是禮堂大門被打開的聲音，緊接著還有人們隱約的交談聲。那些人在門口待了一會便開始移動，沿著觀眾席的臺階向舞臺這邊走來，從腳步聲可判斷出大約有七、八個人。

他們像是知道韓品儒和巫綺蕾躲藏的地方一樣，徑直走上了舞臺，兩人頓時緊張不已。

「地上有些很新的鞋印，應該有人進來過，而且不只一個人。」雖然對方把嗓音壓低，韓品儒還是聽得出是李宥翔，「大家小心點到處找找看，如果眞的發現了巫綺蕾，千萬不要輕舉妄動。」

「嘖，你跳針啊？從剛才開始已經不知道強調了幾遍，我耳朵都快長繭了！」倪心婭不耐煩地抱怨。

「是說品儒到底去哪裡了？」溫郁謙納悶地問，「之前他說拉肚子，但是洗手間卻沒人，反而是在地上撿到了他的手機。」

聽他這麼說，韓品儒這才發現自己的手機不見了，原來是掉在了洗手間，大概是他被巫綺蕾嚇到時不小心遺落的。

李宥翔一行人在舞臺上分散開來，小心翼翼地搜索各種可能藏人的地方，連三角鋼琴裡面也沒放過，卻沒發現要找的人就在地板下的空間裡。

搜尋無果，眾人再次聚集到舞臺中央。

「巫綺蕾好像不在這裡欸，我們快點去下一個地方吧。」溫郁謙說。

「她一直都是單獨行動，那些鞋印應該不是她留下的。」陸博文附和。

「可惡，巫綺蕾到底躲到哪裡去了？害得我們好找！」倪心娅咬牙切齒，「找到後看我不打死她！」

「宥翔，你在看什麼？」溫郁謙問，只見李宥翔正在四下張望。

「我記得舞臺下方的空間是可以進入的，有個地下室的樣子。」李宥翔喃喃，「至於入口……應該是那邊的暗門吧？」

腳步聲逐漸逼近，韓品儒急得直冒汗。他瞥了眼地下室的另一個出口，低聲對巫綺蕾說：「我、我替妳拖著大家，妳趕緊從那邊的門離開。」

巫綺蕾瞧了瞧手裡的剪刀，望向那個出口，又看了看韓品儒，顯得舉棋不定。

「快、快點逃吧！」韓品儒催促。

腳步聲越來越近，巫綺蕾咬咬牙，依言奪門而逃。

地下室的門打開後，首先現身的人是溫郁謙，在他身後的是李宥翔和陸博文。

「咦？品儒你爲什麼會在這裡？」溫郁謙吃驚地問。

「那個……我……呃……」韓品儒拚命在腦中尋找藉口，「對了……我在找塔羅牌！」

「大家都在找巫綺蕾，你卻在找塔羅牌，你也太跳tone了吧。」

「不好意思……」

此時，上方的舞臺忽然傳來大呼小叫的聲音，是倪心娅她們。

「巫綺蕾妳這臭女人，原來鬼鬼祟祟地躲在這裡！」「別想逃！」「快把她堵住！」

韓品儒暗叫糟糕，而李宥翔等人聽到後，全都迅速趕回了舞臺。

來到舞臺上，只見巫綺蕾被倪心娅和她的兩名跟班包圍著，雙方激烈地打了起來。倪心娅三人手執鋁管痛毆巫綺蕾，那大概是從舞臺上的建材堆裡拿到的，巫綺蕾則是以剪刀還擊，歐陽奈奈和武唯伊正在一旁觀戰。

剪刀明顯不是鋁管的對手，再加上以一敵三，巫綺蕾很快便落居下風。

「別、別這樣！」

韓品儒趕緊衝過去幫助巫綺蕾，頭部卻因此挨了一記鋁管結結實實的重擊，眼前金星亂冒。巫綺蕾趁機逃走，她想離開舞臺，卻被男生們攔住了去路。

四下一望，唯一的出路只剩下舞臺上的鷹架，於是她攀了上去，韓品儒也摀著頭追在她後面。

對峙的局面瞬間形成，一方是鷹架上的韓品儒和巫綺蕾，另一方則是在舞臺上的李宥翔一行人。

「品儒，你怎麼會站在巫綺蕾那邊？」溫郁謙不解地問。

「呃……那個……呃……」

正當韓品儒支支吾吾、不知該怎樣解釋時，倪心婭露出了恍然大悟的表情。

「我懂了，你這傢伙是巫綺蕾的幫兇！巫綺蕾是你藏起來的吧？你之前老是唱反調，我早該猜到你會是叛徒！」

「品儒，這是怎麼回事？」李宥翔問。

韓品儒先是沉默，之後垂下頭來，「那個……剛剛我在洗手間發現了巫綺蕾，之後就把她帶到這裡了。」

「原來眞的是你這傢伙從中作梗！」倪心婭氣得牙癢癢的。

「我、我有一件事想告訴大家。」韓品儒說，「那、那個，其實巫綺蕾只是收到了塔羅遊戲的指示才到學校來，她跟我們一樣都是遊戲的受害者……」

「韓品儒，你是被巫綺蕾洗腦了嗎？」趙娜大聲質問，「還是她給你什麼好處了？例如你肯成爲她的同夥就可以勝出遊戲？」

「這、這、這怎麼可能？妳、妳、妳不要冤枉我，我、我、我只是……呃！」

韓品儒一緊張口吃就更嚴重了，還不小心咬到了自己的舌頭。

「稍早巫綺蕾已經親口承認她是塔羅遊戲的始作俑者，武唯伊也用『女祭司』認證過了。」陸博文推了下眼鏡，「巫綺蕾，要是妳還有點良心，那就快點終止這個遊戲，不要再禍害大家了！」

「沒錯，『女祭司』已經證明巫綺蕾就是幕後黑手，這是千眞萬確的事。」武唯伊點頭。

「品儒，我不清楚巫綺蕾說了什麼讓你這麼相信她，但這個遊戲就是她弄出來的，我們絕對不能放過她，一定要逼她結束遊戲。」溫郁謙也附和。

「品儒同學，你千萬要小心，巫綺蕾瘋了，她會傷害你的！」歐陽奈奈擔心地提醒。

「不……不是這樣的……」韓品儒急得不知該如何解釋。

「品儒，我明白你向來善良，你肯定覺得我們現在是在欺負巫綺蕾。」李宥翔開口，「但是請你想想，如果我們不這樣做，這裡的所有人包括你在內，全都會活不到明天這個時候，你眞的忍心讓大家統統去死嗎？」

「韓品儒，要是你再包庇巫綺蕾，你就是與她同罪，都是二年一班的公敵！」倪心婭氣勢洶洶高喊。

「沒錯！包庇巫綺蕾的都是敵人！」趙娜像應聲蟲般跟著喊，「快交出巫綺蕾，否則連你都殺！」

聽到包括李宥翔在內，眾人皆一面倒地要拿下巫綺蕾，讓韓品儒頗受打擊。

他既焦慮又難過，不曉得該怎樣做才能使大家放下對巫綺蕾的敵意，他只曉得一件事：無論如何都得站在巫綺蕾這邊保護她，不能袖手旁觀——這次絕不。

「那、那個……大家見到了自殺未遂、整整一個多月沒有來上學的同學……除、除了這個遊戲的事以外，就沒有其他想對她說的話嗎？」

韓品儒苦澀地詢問舞臺上的眾人。

「她、她失去了一隻眼睛，大家就沒有想過要關心她嗎？大、大家就沒有對巫綺蕾抱有一點……悔意嗎？」

整座禮堂瞬間陷入靜默，眾人面面相覷，好一會都沒有作聲，直到陸博文輕輕地咳了一下。

「巫綺蕾眼睛受傷的事是一場意外，當我們發現她受傷後，便立刻通知了老師，已經盡到了旁觀者應盡的責任，我自認對得住良心。」

「要求旁觀者必須阻止霸凌發生，根本是道德綁架。」武唯伊說，「換成是巫綺蕾處在我們的立場，她也不會出手幫被霸凌的人吧？」

「害巫綺蕾失去眼睛的是倪心婭她們，這跟其他人沒關係吧？」溫郁謙搔了搔頭，「她們應該感到內疚，但我們這些旁觀者並沒有做錯，用不著後悔吧？」

「那是巫綺蕾自己笨手笨腳好不好！」倪心婭凶巴巴地瞪了溫郁謙一眼，「我們只是稍微跟她玩玩，誰叫她手裡拿著剪刀，還冒失地跌了一跤？」

「沒錯，那是巫綺蕾自己的問題，該後悔的是她自己。」趙娜也附和，「而且霸凌這種事一個巴掌拍不響，怎麼被霸凌的偏偏是巫綺蕾，而不是其他人呢？」

「品儒，我很遺憾巫綺蕾失去了一隻眼睛。事件發生時我並不在場，如果我在的話，必定會盡班長的責任，竭力阻止意外發生。」李宥翔沉著地表示，「不過現在不是討論這件事的時候，我們還是先把重點放回這個遊戲吧。」

聽著他們的回答，韓品儒的心一點一點地冷了下去，彷彿全身被緩緩浸入冰水裡，直至滅頂。

對同學說句「對不起」有這麼困難嗎？說句「妳受苦了」有這麼困難嗎？

韓品儒不敢想像巫綺蕾聽到這些話的心情，如果連他都這麼難受，那身為當事人的她又該是怎樣的痛苦？

禮堂中再次陷入靜默，令人窒息的緊張感逐漸蔓延，所有人都隱隱有股預感，這場對峙恐怕不會輕易結束。

此時，一道細微而悲傷的聲音傳進了韓品儒耳中。

「已經夠了，韓品儒。」

他轉過頭，映入眼簾的是巫綺蕾落寞的面容。

「你已經為我做得夠多了，我不想再連累你，我們就在這裡分道揚鑣吧。」

巫綺蕾把一張塔羅牌塞進他手裡，上面的圖案是一名在星光下把瓶中的水倒進池裡的裸身女子。

「這張『星星』請你收下，就當作是我弄傷你的賠禮。」

「妳、妳想做什麼？」

「我……想完成一件我之前沒能完成的事。我累了，不想再跟大家沒完沒了地糾纏下去了。」

巫綺蕾露出疲憊中又帶著幾分坦然的表情。

「過去也好，現在也好，我從來都不是二年一班的一分子，僅僅是個令人厭惡的存在，跟同學成爲朋友什麼的……只是個笑話！」

巫綺蕾突然舉起剪刀刺向自己的喉嚨，幸好韓品儒早有預料，及時抓住了她的手。

「快、快放開剪刀！」

兩人扭成一團，剪刀劃破了韓品儒的臉頰，溫熱的液體流了下來，但他沒空理會，只是繼續和巫綺蕾纏鬥，下方的同學們紛紛大呼小叫起來。

糾纏了好一會，韓品儒終於拍掉巫綺蕾的剪刀，接著陸博文「嗚啊」慘叫一聲，似乎是被掉落的剪刀刺中了。

「巫綺蕾失去武器了，這是抓住她的好機會，給我上！」

倪心婭大喊，趙娜立刻抓著鋁管衝上鷹架，田娟稍微猶豫了下，也跟了上去。

「不、不要！」

韓品儒趕緊跑過去擋在巫綺蕾面前，卻再次招來鋁管的亂毆。

「快讓開！我們要教訓巫綺蕾！」趙娜高聲說。

所謂兔子急了也會咬人，韓品儒雖然文弱，被逼到了這種地步仍是會反抗。他有生以來第一次對人使用蠻力，一把搶過了趙娜的鋁管裝作要還手。

趙娜平時只敢欺負女生，面對手上拿著武器的男生多少有點膽怯，喊了句「你給老娘走著瞧」便落荒而逃，田娟亦同。

「喂，那不過是韓品儒，有什麼好怕的？」倪心婭對兩名臨陣退縮的跟班怒吼。

「你、你們有誰還想抓巫綺蕾，儘管過來吧，我一定會保護巫綺蕾到底！」

韓品儒一反平時的軟弱，態度甚爲強勢，眾人一時都不知該如何是好，雙方僵持不下，陷入了膠著。

嘗試突破僵局的，是李宥翔溫和的聲音。

「品儒，那我呢？我可以過去嗎？」

韓品儒沒有回答，李宥翔當他默許，於是慢慢走上了鷹架的階梯。當他抵達平臺後，韓品儒把巫綺蕾護在身後，右手緊緊握著鋁管，一臉戒備。

「你想對她做什麼？」

「品儒，你誤會了，我們只是想把事情解決——」

「我還以爲你會相信我，相信巫綺蕾，哪知道……哪知道……」

韓品儒皺著臉，似乎快要哭出來了。

「品儒你冷靜點。」李宥翔嘆了口氣，「先別管這個了，剛剛情況很混亂，你也受了不少傷，我們先去治療一下吧。其他事情等治好傷後再說，好嗎？」

方才韓品儒由於腎上腺素急升，因此有點反應過度，此時聽李宥翔好言相勸，他的情緒才慢慢平穩下來。

他微微點了點頭，鬆開右手，鋁管「噹」一聲落到地上。

「那麼我們現在就去保健室吧。」李宥翔說，「品儒，可以請你幫忙勸巫綺蕾，讓她一起來嗎？」

韓品儒轉頭看向巫綺蕾，卻見她只是搖頭，並且一步步地往後退。

當韓品儒嘗試走向她時，她突然往平臺的另一端跑去，接著爬上了階梯。

「妳、妳要去哪裡？」

韓品儒趕緊追過去，心急之下摔了一跤，差點整個人從平臺上跌落，幸好李宥翔及時把他拉回來。

這麼一耽誤，巫綺蕾已沿著階梯抵達了鷹架最上層的平臺，並且跨越了防護欄，一邊摸索著鋼索，一邊走到一根機械吊桿上方。

這下子所有人都明白她想做什麼了，不禁指著她驚叫起來。

韓品儒和李宥翔轉眼也來到了最上層，正當韓品儒打算跨過防護欄時，李宥翔阻止了他。

「不要過去！」

「我要把她帶回來！」韓品儒掙扎著說。

「不行！」李宥翔用力箝制住他，「那根吊桿很舊了，承受不了兩個人的重量！」

這句話猶如當頭棒喝，喚回了韓品儒的理智。

「大家看看舞臺上有哪些雜物可以用來當作救生墊！」李宥翔對下方眾人喊道，「歐陽奈奈，請立刻準備『太陽』，待會可能用得著！」

巫綺蕾雙手扶著鋼索，腳下踩著吊桿，猶如準備盪鞦韆的女孩一樣。她沒有看任何人，僅存的右眼直視著遠方，臉上帶著平靜且釋然的表情。

「巫、巫綺蕾，妳不要衝動……」韓品儒害怕地說，「先、先回來吧……」

「如果我的心不是這麼傷痕累累，如果我的左眼仍然完好，如果我早點認識你……或許我會……」巫綺蕾低聲說，「但現在已經——」

「巫綺蕾對不起！」

一個女孩冷不防大喊，眾人愕然望向聲音來源，居然是田娟。

「害妳失去了一隻眼睛，我眞的……非常抱歉。」田娟顫抖著道歉，「妳……不要跳下去。」

「妳這個白痴！」倪心婭重重甩了她一巴掌，「讓她乾脆去死不就一了百了了嗎！」

而聽到田娟的話，巫綺蕾剎那間睜大了眼睛，整個人似乎怔住了。

「巫、巫綺蕾，妳曾說過……『星星』的關鍵詞是希望……」韓品儒低聲說，「只、只要懷抱希望，事情總會有轉機的。」

巫綺蕾輕咬著下唇，臉上流露出複雜的表情，像是在掙扎著，最終她卻還是搖了搖頭，並且把之前被打斷的話說完。

「太遲了。」

巫綺蕾俯身向前之際，韓品儒腦袋裡「轟」的一聲，一片空白。他下意識奮力掙脫了李宥翔，不顧一切地衝上吊桿。

「我最後的願望，便是希望韓品儒你——」

巫綺蕾說完這句話就往下一躍，韓品儒也在同一時間抓住她的手臂。要是他再慢半秒鐘，巫綺蕾就會掉下去。

眾人望著在半空中像鐘擺般搖晃的巫綺蕾，以及勉強抱住了吊桿，像是隨時都會滑落的韓品儒，均是嚇得不輕，唯獨倪心婭和趙娜一副恨不得他們快點掉下去的嘴臉。

「品儒，放手吧，這對你和巫綺蕾都是最好的選擇。」冷靜如李宥翔，嗓音也隱隱帶了一絲顫抖，「從這個高度掉落，巫綺蕾有機會只是受傷，我們可以用『太陽』治好她，但如果你也掉下去的話……『太陽』是不能重覆使用在同一人身上的。」

「放開我吧。」巫綺蕾也勸他。

「妳、妳快點抓著我的手臂，我把妳拉上來！」韓品儒堅持。

正如李宥翔所說，這根吊桿已經老舊不堪，到處都是鏽蝕的痕跡，每當他們稍一移動，便會聽見不祥的金屬摩擦聲，彷彿吊桿隨時都會崩毀斷裂。

看著韓品儒一點一點地被自己的體重往下拉，巫綺蕾咬緊了下唇。

她不在乎自己的性命，可是她無論如何都不想連累這個雖然柔弱，卻拚命維護她的少年。

突然，她想到一個可以使韓品儒得救，同時又讓自己絕對能夠死去的方法。

她抬頭看了韓品儒最後一眼，那是兩人視線最後的相接。

在「星星」那令人目眩神迷的光芒之中，韓品儒確信自己見到巫綺蕾漆黑如子夜的瞳孔裡，有顆特別明亮的希望之星閃耀其中。

「這次眞的是永別了，這遊戲我不玩了，我要……退出『塔羅遊戲』。」

剎那間，巫綺蕾的身體如氣球般不斷膨脹，彷彿有人正在往她體內瘋狂打氣。

很快，她的皮膚就被撐破，整個人爆炸開來，鮮血向四面八方噴濺，肉塊、臟器、骨頭……紛紛像冰雹般散落在舞臺上。

這極度震憾的一幕瞬間奪走了眾人的言語能力，連呼吸也在瞬間停止了。

所有人呆立在原地動彈不得，時間彷彿就此凝固，直至一道淒厲至極的慘叫聲在禮堂內響起。

「啊啊啊啊啊啊啊啊啊啊啊啊啊啊啊啊！」

004 隱者

對於自己究竟是怎樣離開吊桿的，韓品儒幾乎毫無印象，似乎是李宥翔費了好一番工夫把他拉了回來。

回過神時，他才發現自己已經滿身鮮血地站在舞臺上。

「咦？這個遊戲不是巫綺蕾搞出來的嗎？怎麼她人都死了，遊戲還不結束？手機裡的程式還是刪不掉耶。」

「這表示……巫綺蕾真的不是幕後黑手？我們錯怪她了？」

「那麼這個遊戲到底是誰弄出來的？」

眾人討論了好一會，依舊討論不出一個結果。

倪心婭等人見這裡沒其他事了，再加上多少有點心虛，因此率先離開；陸博文則是因爲被掉下的剪刀弄傷，於是前往保健室治療；而歐陽奈奈被方才的情景嚇得幾乎暈倒，武唯伊也先扶著她去休息了。

禮堂內只剩下韓品儒、李宥翔和溫郁謙三人。

「品儒。」李宥翔喚了他一聲。

韓品儒抬起頭來，對他們微微一笑，卻顯得有點詭異。

「宥翔、郁謙，我和巫綺蕾下來了，我們現在就去保健室吧。」

李宥翔皺起眉頭，「品儒，你……」

「我就知道宥翔你會相信我，站在我這邊。」韓品儒接著望向左邊，彷彿那裡站了個只有他看得見的人，「巫綺蕾，妳放心吧，大家都不會再傷害妳了。」

「品儒，巫綺蕾已經……」

「大家怎麼還站在這裡？快點走吧。」韓品儒催促著說。

「品儒，巫綺蕾選擇了退出遊戲，所以她死了。」李宥翔一字一句地說，「我們現在去保健室處理一下你的傷口，你的臉頰仍在流血，手腕也需要包紮。」

「宥翔你在說什麼？巫綺蕾才沒有死呢，她不是還好端端站在這嗎？」

李宥翔對他的話報以嘆息，「我明白你一時間無法接受現實，可是巫綺蕾確實已經……總之，我們先去保健室吧。」

李宥翔伸手想碰韓品儒的肩，韓品儒卻觸電似的彈開了。

「宥翔你真的好奇怪，你到底在說什麼？巫綺蕾明明在這裡啊！」

「品儒，別再鬧了，我們去保健室吧。」

溫郁謙看不下去，一把抓住了韓品儒的手臂，卻被用力甩開。

「你們該不會想對巫綺蕾不利吧？我不會再讓任何人傷害她了！」韓品儒警惕地盯著他們，「巫綺蕾，我們快逃吧！」

韓品儒突然一把將溫郁謙推開，之後便頭也不回地跑出禮堂，無視兩名好友在他身後叫喚。

他在走廊上沒命地奔跑，卻因跑得太快而不小心摔倒在地，牙齒咬到了舌頭，嘴裡頓時滿是鮮血的味道。

痛楚喚回了他的理智，他站起身來，驀然見到窗戶上只映出他自己一個人血跡斑斑的身影。

此刻，他才徹底醒悟巫綺蕾眞的哪裡都不在了。

「啊啊……」

他發出悲鳴，頹然坐倒在地，把臉埋在臂彎裡，放任淚水奪眶而出。

✡

不知不覺，時間來到了下午五點多。

深秋的黃昏總是來得比較早，天邊渲染出夜晚的色彩，但是餘暉仍未散盡，還剩下最後一絲朦朧的昏黃。

韓品儒像個空殼般，失魂落魄地在校園內遊蕩，忽然聽到某處傳來水花潑濺的聲音，於是迷迷糊糊地走了過去。

他任由雙腳把自己帶到露天泳池旁，只見池面波光粼粼，幾片赤紅的楓葉漂浮著，池底隱約有道人影，看不清是男是女，不知在做什麼。

等了差不多五分鐘，那人依然沒浮上來。就在他擔心對方是否溺水了的時候，水面突然破開，一個長髮的腦袋鑽了出來。

雖然只是短短的一瞬間，韓品儒仍舊認出是班上有名的不良少女——宋櫻。

見她身上似乎什麼都沒穿，韓品儒嚇得立即別過頭去，心臟瘋狂地怦怦亂跳。

宋櫻也看到了韓品儒，不過她的反應沒像他那麼大，只是冷哼了一聲，一副瞧不起草食動物的樣子，接著便徑直游向池邊，準備上岸。

韓品儒不想得罪她，立即快步離開，走著走著卻不小心在溼滑的地面跌了一跤，撲倒在一個黑色的不明物體上。

正要爬起來，他的頭頂驀地被一道陰影籠罩。

一抬頭，一棵開得爛漫的緋櫻映入眼簾——不，那並非眞實存在的櫻花，而是一幅刺在白皙肌膚上，占據了胸部、腹部和大腿，栩栩如生的櫻花刺青。

刺青的主人宋櫻就這樣袒露著曲線曼妙的胴體，站在他面前。

韓品儒嚇得轉過頭去，全身從頭頂到腳趾都燙得快要燒起來。

「對、對、對不起，我、我、我不是有心要看妳的！」

「還來。」宋櫻一手插著腰，冷冷地說。

「還、還來？」

韓品儒不太明白她的意思，那是要怎樣「還」？脫掉衣服讓她也看自己的裸體嗎？只會讓她更生氣吧！

「這、這個……」

「那個袋子是我的，被你壓著的那個。快、還、來。」

韓品儒恍然大悟，趕緊把被自己壓扁的黑色袋子拿起來，暗暗祈禱裡面沒有易碎品。

宋櫻從袋裡拿出手機，檢查後確認一切正常，韓品儒大大地鬆了口氣。

「算你走運。」

宋櫻又冷冷地說完後，便拿著袋子走到稍遠的地方，以毛巾擦拭身體並穿上衣服。

泳池旁邊雖然有更衣室，但今天並非上課日，所以沒有開放，而宋櫻顯然是懶得去拿更衣室鑰匙。

泳池的出入口只有一個，按照韓品儒現在的位置，無論從哪條路離去都難免會看到正在穿衣服的宋櫻，於是他只好轉過身，待在原地等她穿好衣服再走。

等了大約五分鐘，韓品儒認爲宋櫻應該打理妥當了，這才回過身來。一如他所料，宋櫻的身影已經消失，四周空無一人。

韓品儒安心地走向出口，身後卻忽然傳來女生的聲音。

「果然看不到我啊。」

他嚇得幾乎整個人跳了起來，一扭頭卻沒瞧見半個人，正疑惑間，唇上冷不防傳來柔嫩的觸感。

「哇啊！」韓品儒發出慘叫。

這瞬間，消失的宋櫻再度出現，她換好了制服，穿戴整齊，一頭烏黑的長髮猶顯得濡溼。

殘存的觸感令韓品儒臉上紅得像要滴血，腦袋一片空白。

「別誤會，剛才碰你嘴唇的是這個。」

宋櫻說著，舉起併在一起的食指和中指，嘴角微揚，似乎對惡作劇成功感到有點得意。

「我看你眼睛都哭腫了，就忍不住逗了你一下。」

被女孩子發現自己哭過，韓品儒恨不得馬上找個地洞鑽進去。

他很納悶宋櫻爲什麼會突然現身，隨即瞥見她手上拿著一張塔羅牌，上面的圖案隱約是個提著燈籠的老者，這多半就是原因了。

察覺到他的視線，宋櫻微微冷笑，「我潛進泳池裡就是爲了尋找塔羅牌，原本只是想著一試無妨，那知眞的找到了這張『隱者』。」

「原、原來是這樣……」

「說起來，你認爲所有牌裡威力最強的是哪張？」

「光、光看名稱的話，應該是『惡魔』或『死神』吧？」

「我覺得是『戀人』。」宋櫻眼裡閃過一絲光芒，「名爲戀人的這種生物，可是能比任何生物都更瘋狂、更殘忍、更惡毒……就和魔女一樣。」

「魔、魔女？」

宋櫻僅是露出她的招牌冷笑，低聲說了句「使用隱者」就再度消失。

韓品儒左看看，右看看，宋櫻這回是眞的離開了，偌大的泳池邊只剩下他一個人。

這個插曲使他一度忘記了巫綺蕾的事，但如今宋櫻走了，他的心臟又再次擰成一團，幾乎無法呼吸。

「不行……我不能再這樣下去！」

韓品儒用泳池水潑向頭臉，強逼自己振作起來，接受巫綺蕾已死的事實。

巫綺蕾的死是一場悲劇，韓品儒深知繼續痛苦下去也無法令她復活，遊戲尚未結束，他們必須團結一致、互相守護，不再讓犧牲者出現才行。

想起先前在李宥翔和溫郁謙面前失態，韓品儒有些羞愧，那時他因衝擊過大陷入了混亂，導致兩名好友無辜地成了出氣筒。

「我就這樣跑出來，宥翔和郁謙一定很擔心我……我得快點回去。」

他想傳送訊息給他們，可是手機在溫郁謙身上，於是他決定直接回校舍找人。

✡

進入主校舍後，韓品儒立刻跟一名栗髮男孩撞了個滿懷，定睛一瞧，正是溫郁謙。

「品儒，我找你很久了！」溫郁謙氣喘吁吁地說，「出大事了！我們快點去學生會室！」

韓品儒跟著他來到位於東校舍一樓的學生會室，只見裡面聚集了好些人，李宥翔一看到他便一副放下心頭大石的樣子。

「太好了，品儒你終於回來了。」

「那個，剛剛對不起……」韓品儒囁嚅著說。

「沒關係，我們都沒放在心上，而且……我們確實有做得不對的地方。」李宥翔沉重地表示。

溫郁謙拍拍韓品儒的肩，「說什麼對不起，我們可是朋友啊。」

韓品儒在會議桌旁邊坐了下來，包括他在內，這裡共有四男二女，女生們是歐陽奈奈和武唯伊，男生們則是韓品儒自己、李宥翔、溫郁謙，以及一名新加入的同學。

那名男孩頂著一顆鳳梨頭，皮膚曬成運動系少年常有的小麥色，眉目間流露英氣，是籃球社社長鄭俊譽的好友兼隊友——陳日峰。

但現在的他失去了平時活力充沛的模樣，神情沮喪得不得了。

「聽、聽說出大事了，到底……」韓品儒問。

「對了，你的手機還在我這裡。」溫郁謙把手機還給他，「你看看遊戲的通知訊息就知道發生什麼事了。」

韓品儒一讀取訊息便睜大了眼睛，臉上寫滿震驚。

【NO.12 梁智凡：確認死亡。餘下人數：21人。】
【NO.25 巫綺蕾：確認死亡。餘下人數：20人。】
【NO.16 陸博文：確認死亡。餘下人數：19人。】

「爲、爲什麼……陸博文……剛才還好端端的……還、還有梁智凡……」

「我們正要討論。」李宥翔接著對陳日峰說：「品儒也來了，你可以開始說鄭俊譽的事了。」

「醜話說在前頭，接下來有些話可能不太中聽，你們可不要介意。」陳日峰冷冷地說。

「沒關係，你儘管說吧。」李宥翔頷首。

「那我就從頭講起。」陳日峰嘆了口氣，「我想你們多少有察覺到，阿譽……鄭俊譽一直都看李宥翔不順眼。原因不必多說，兩個字，嫉妒。嫉妒他是班長、嫉妒他是學生會長、嫉妒他成績全年級第一、嫉妒他受同學擁戴、嫉妒他受師長喜愛、嫉妒他是公司社長的兒子……諸如此類的。」

「我就知道鄭俊譽那傢伙不是什麼好東西。」溫郁謙不滿地哼了聲。

「我跟阿譽從小認識，他是個很好勝的人，而且有強烈的領袖欲，總是想支配一切。無論是學業、運動、領導才能，或是其他方面，阿譽做任何事都是第一名，最受不了別人騎在他頭上。國小、國中一路走來，他從沒嚐過失敗的滋味，可是升上高中之後，卻接連在班長和學生會長的競選中輸給李宥翔，學年成績第一的寶座也被奪走。雖然不想承認，但李宥翔的運動神經也很好，認眞起來說不定連籃球也能贏過他，這一切對他來說都是極大的屈辱。

不過阿譽很少把眞實情緒表現出來，而且平時跟李宥翔對著幹也沒好處，他認爲李宥翔有老師和學生會當後盾，深受大家信賴，一個弄不好他只會吃不完兜著走。可是阿譽也不甘心就此放棄，爲了在班上培養出能夠跟李宥翔抗衡的勢力，於是他刻意對女生們示好，利用她們來鞏固自己的地位。」

「如果鄭俊譽眞的想當學生會長和班長，我也是可以讓給他，不過這大概會打擊他的自尊心吧。」李宥翔淡淡地說。

「你這態度還眞是……算了，我不是來吵架的。」

陳日峰橫了李宥翔一眼，繼續說下去。

「總之，阿譽平常假裝毫不在乎，偶爾諷刺李宥翔一兩句，大致上仍是相安無事。可是如今不同平時，我們被捲進了一個詭異的遊戲，無法離開學校，與外界失去聯繫，還有人恐怖地死去……在這種緊急情況下，阿譽認爲我們沒必要再跟李宥翔假惺惺地玩好同學遊戲了。老實說，李宥翔的計畫還算不錯，只是主導權必須掌握在我們手上，換句話說，我們不會將收集到的塔羅牌交給他，要把哪張牌分給誰也是由我們來決定，我們才是二年一班命運的主宰。」

「果然在生存遊戲裡就是會有這種人啊。」溫郁謙低聲碎念。

「爲了實現目標，我們必須盡早把所有牌弄到手。」陳日峰說，「於是在分組行動後，阿譽立刻動員了親衛隊的女生們，利用她們收集塔羅牌。此外，他還拉攏了好幾個男生加入我們的陣營，並且跟他們約法三章，不可以使用塔羅牌的能力對付同伴。起初一切進行得很順利，但當塔羅牌變得越來越多之後，阿譽卻突然要大家把所有牌都交給他保管。大家當然拒絕了，哪知他竟動用了卡牌的能力，強行奪走了大家的牌！」

「卡牌的能力？是哪張牌？」李宥翔問。

「『皇帝』。」

陳日峰臉色陰沉地回答。

「和名稱一樣，持有者可以像皇帝一樣支配他人，用言語下達命令。只要是『皇帝』的命令，其他人絕對不能違抗，即使塞住耳朵，身體也會自動服從。因此當阿譽命令大家交出卡牌的時候，我們只能乖乖地雙手奉上。」

「這種能力是犯規的吧！」溫郁謙忍不住大罵，「如果我是幕後黑手，絕對不會在遊戲裡配置這種卡牌，這會使玩家之間的實力失衡！」

「我也這麼覺得，可事實上就是有這種牌。」

陳日峰無奈地說。

「自從阿譽開始使用『皇帝』後，他整個人都變了，應該說，始終被他壓抑在內心深處的支配欲爆發了。阿譽還算顧念我和他之間的友情，所以沒對我下過命令，不過其他人就沒這麼幸運了，他們被迫成爲他的奴隸，只要稍微違逆他便會落得淒慘的下場。」

「你們就由得他這樣亂來嗎？快想辦法打倒他啊。」溫郁謙責怪似的說。

「你講得可眞輕鬆，如果有這麼容易就好了。」

陳日峰悻悻然地瞧了他一眼。

「大家當然不服氣被他這樣奴役，可是他擁有大量卡牌，等同於握有生殺大權。若是不順著他，那就休想得到卡牌，相反的，只要像狗一樣聽話，他答應會在最後分牌給大家。不僅如此，他還沒收了除了我以外所有人的手機。你們也曉得手機在這個遊戲裡的重要性吧？要是手機被破壞，一切都完了。總之反抗是不可能的，阿譽把自己當成眞正的皇帝，恣意地下達命令，他甚至……他甚至……」

陳日峰說著，突然痛苦地抱住自己的頭。

「……逼大家把梁智凡殺死！」

所有人都震驚至極。

「你是說……梁智凡原來是被鄭俊譽下令殺死的？」李宥翔問。

「梁智凡那傢伙……很不服氣把所有卡牌交出來，煽動大家反抗，於是阿譽就下令我們對他處刑。我不確定大家打他僅僅是出於服從阿譽的命令，還是害怕會分不到牌，又或者是兩者皆有，總之……所有人包括女生在內都瘋了似的拿東西往梁智凡身上砸。梁智凡大聲慘叫，哭著求大家停手，但阿譽仍是不肯饒過他。最後，他躺在地上動也不動，全身都是血。我……我再也受不了，就趁阿譽不注意的時候逃了出來……」

聽完陳日峰的告白，場面陷入一片寂靜，每個人都不敢相信這一切是眞的——梁智凡就這麼活活被打死了，下手的還是同班同學。

如果他們殺人純粹是身不由己的話，那下令要他們殺人的鄭俊譽就更讓人心寒了。一個十七歲的少年竟能這樣喪盡天良，實在太可怕了。

「這……這是眞的嗎？」韓品儒依舊難以置信，「鄭、鄭俊譽居然會殘忍到這種地步，總覺得……有點不眞實。」

「這種事聽來雖然荒謬，不過其實有跡可循。」

李宥翔說，接著仔細地解釋：「聽說國外曾經有人做過一個實驗，讓一批學生分別扮演獄警和囚犯，那些扮演獄警的學生因爲被賦予了絕對的權力，結果便迷失在自己的角色裡，淪爲暴虐的濫權者。鄭俊譽本來就對權力充滿野心，當他遇上了『皇帝』這張牌，兩者之間便產生了最壞的化學作用。」

「我比任何人都希望這是假的，可事實擺在眼前。」陳日峰黯然嘆息，「李宥翔，他的最終目標是你，我想他很快就會來對付你了，你最好小心點。」

此時，李宥翔的手機突然響起，看完螢幕上的文字，他把手機展示給所有人看。

「不是很快，他現在就要對付我了。」

「班長兼學生會長大人不要再待在學生會室了，和你的同伴們來一下體育館，我們愉快地聊聊天吧。」

寄件者一欄顯示著鄭俊譽的名字。

「咦？鄭俊譽怎會知道宥翔就在這裡，還跟我們在一起？」溫郁謙問。

「阿譽持有的牌中，有一張叫『世界』，持有者可以用手機查看全體玩家的所在位置，包括死者，唯一的例外是使用了『隱者』的人。」陳日峰回答，「因此阿譽大概也得知我投奔你們了，不過無所謂，反正我已經豁出去了。」

「那我們現在一起去體育館找鄭俊譽嗎？還是先想辦法拖延一下？」溫郁謙問，「可是他能夠追蹤我們的位置，一味逃避也不是辦法。」

「不，鄭俊譽最想對付的人是我，就算要去，也是我自己一個人去，你們不必一起來。」李宥翔搖頭。

「開玩笑，鄭俊譽恨死了你，你自己一個人去的話，說不定會落得跟梁智凡相同的下場，無論如何我和品儒都不會丟下你的！」溫郁謙立刻反對。

「沒錯，要去就一起去。」韓品儒也說。

「正是因爲鄭俊譽恨死了我，所以我不認爲他會讓我簡單地死去，肯定會先折磨我一番再殺。」李宥翔淡淡地說，「我是他的頭號敵人，當他抓到我後，多少會放下戒心，那便是你們策反的好時機。」

「雖然奈奈很害怕，但品儒同學去的話，奈奈也要去。」歐陽奈奈倔強地出聲。

「這、這太危險了，妳別去吧。」韓品儒連忙勸阻。

「奈奈去的話，也算我一個。」武唯伊摩拳擦掌，「還有你們的想法未免太消極了吧？鄭俊譽雖然厲害，又人多勢眾，我們也未必會輸。家政教室、木工教室、化學教室這些地方隨便都找得到武器，我們好好地大幹一場吧！」

然而陳日峰隨即否決她的提議。

「妳以爲大家沒試過用武器反抗嗎？什麼菜刀、球棒、錘子……統統都用上了，最後還是失敗收場，否則爲首的梁智凡怎麼會被處決？一方面是因爲阿譽扣押了大家的手機，大家有所顧忌，另一方面是他持有可抵禦攻擊的塔羅牌，身體就像銅牆鐵壁，任何武器都不能傷他分毫，赤手空拳就更不用說了。」

「如果武器傷不了他，那塔羅牌的能力呢？」溫郁謙跟著提議，「我們這邊也有塔羅牌，說不定派得上用場。」

李宥翔、溫郁謙和陳日峰都沒有塔羅牌，歐陽奈奈和武唯伊分別持有「太陽」和「女祭司」，韓品儒則持有巫綺蕾給予的「星星」。

「『星星』的能力是什麼？」

聽李宥翔這麼問，韓品儒這才想起他還沒把「星星」登錄至手機裡，一旦沒進行登錄，持有權都不算轉移成功。

登錄完畢後，螢幕上出現了「星星」的能力描述。

【XVII 星星：持有者可為自己以外的一名玩家許願，只要不違反遊戲規則，任何願望均會實現，使用一次後這項能力便會永久消失。／持有者可在黑暗中保持視力，並且不受「月亮」影響，只要維持某種程度的接觸，持有者可把能力分享給另外最多兩名玩家。】

「原來『星星』的能力有兩項……這麼說來，巫綺蕾跳下去之前好像許了什麼願望，可是聽不清楚……」想起巫綺蕾，韓品儒的心臟再度隱隱作痛。

看完「星星」的能力描述，李宥翔則是一副若有所思的樣子。

「各位，我要再次打破你們的妄想。」陳日峰一臉無奈，「阿譽除了能抵禦武器，還持有可抵禦卡牌攻擊的塔羅牌。」

聞言，眾人都忍不住洩氣。

「陳日峰，我還有一些事情想問問你。」李宥翔說道，「你當吹哨者的原因是什麼？很明顯的，你對我沒什麼好感，沒必要特地過來向我示警。你是希望我們幫你打倒鄭俊譽嗎？可是你跟鄭俊譽是好朋友，這樣做不就背叛了你們的友情？」

「李宥翔，你說這一大段話，潛臺詞其實是想問我是不是鄭俊譽派來的間諜吧？」

陳日峰冷冷反問，李宥翔沒有回答，形同默認。

「沒錯，我跟阿譽是好朋友，但正因爲是朋友，我才無法看著他這樣墮落下去。我來找你們確實不是爲了打倒阿譽，而是希望你們……」

陳日峰下意識地撫摸自己胸前的十字架項鍊。

「……救救他。其他人會變成怎樣，甚至我會變成怎樣，我其實不太在乎，可是我怕阿譽繼續這樣下去，最終會走火入魔，變成一頭暴虐的怪物。不阻止他是不行的，拜託你們，去救救他吧！」

陳日峰說著，眼圈驀地一紅，低下頭來深深地向他們鞠躬。

沉默籠罩了整個學生會室，過了一會，李宥翔詢問韓品儒：「品儒，你覺得我們應該去體育館嗎？我想聽聽你的意見。」

「我的意見嗎……」韓品儒的語氣帶點猶豫，「如果變成這樣的是你或是郁謙，無論如何我都會阻止你們，而且……陳日峰都拜託我們了，不幫他實在說不過去……我是這樣想的啦……」

李宥翔先是露出思索的表情，之後嘴角浮現淡淡的笑意。

「你說的沒錯。說到底，鄭俊譽不只是陳日峰的朋友，他也是我們的同學，看到同學誤入歧途，我們應該有義務把他導回正確的道路上。那我們就去體育館吧，只是在去之前，得先做一點準備。」

005 皇帝

現在時間是晚上七點，黑夜早已降臨。

校園裡的路燈和步道燈會在入夜後自動亮起，為夜晚仍待在校園中的師生提供充足照明，今晚也不例外。

體育館位於主校舍北面，平時除了作為集會和體育課的場地，便是籃球社專用的練習場。

此刻體育館裡燈火通明，還未正式抵達，韓品儒便聽見裡面傳出陣陣吆喝聲、球鞋與地面的摩擦聲、籃球落地的撞擊聲，以及女孩子們的尖叫和喝彩聲。

當他們進去的時候，籃球社的社長兼王牌——鄭俊譽正好英姿颯爽地施展了一記反手灌籃，比賽亦在同一時間結束。

連身為同性的韓品儒都感覺鄭俊譽實在帥得沒天理，在場所有的鄭俊譽親衛隊更是爆出了誇張的歡呼，彷彿鄭俊譽不是贏了一場高中生之間的練習賽，而是贏了一場NBA季後賽。

「俊譽同學好帥喔！」「俊譽同學太厲害了！」「俊譽同學我愛你！」

韓品儒發現倪心婭和她的跟班也在這些女生裡頭，看來也投靠鄭俊譽了。

鄭俊譽走向球場旁邊，所有女生立即爭先恐後地遞上毛巾和水瓶，跟後宮爭寵的妃嬪沒兩樣。

然而無論她們如何自我推銷，鄭俊譽都只有一張嘴，他也只從一名女生手中接過了水，讓其他女生恨得牙癢癢。

被選中的女孩笑得合不攏嘴，一臉得意，她的名字叫吳美美，不過諷刺的是，她長得一點也不美。

光看身形，她跟校花裴雪姬幾乎相同，兩人的臉蛋卻是雲泥之別。

吳美美不僅皮膚粗糙，還擁有一口嚴重的暴牙，再加上朝天的豬鼻子，實在跟美女沾不上邊。

儘管如此，鄭俊譽看著她的表情仍是無比溫柔，一臉痴迷，更親暱地撫摸她的頭髮，像在對待心愛的戀人一樣。

吳美美幸福得滿臉放光，那張稱不上美麗的臉蛋彷彿因此動人起來。

體育館裡的男生們剛才被逼著陪鄭俊譽練球，全都一副畏畏縮縮的樣子，林尚斌也在他們當中。之前被裴雪姬用「戀人」奴隸化的他，不知何時淪爲了鄭俊譽的手下。

鄭俊譽慢慢地喝水、抹汗，耍了一輪大牌後，才轉頭望向門口，像是現在才發現韓品儒等人的到來。

「嗨，班長兼學生會長大人，你們終於來了，我等了好久呢。」

「你說想聊天，我們就來了。」李宥翔說，「不過你看起來不像在等我們呢。」

「總得找些事情來殺殺時間啊。」

鄭俊譽單手插在褲袋，邁著長腿慢悠悠地走到他們面前。

「歐陽奈奈和武唯伊呢？她們怎麼不一起來？」

「這件事與她們無關，她們沒有過來的必要。」李宥翔說，「你爲什麼沒來二年一班的教室會合？我們不是說好要集合的嗎？」

「你是眞的不知道還是假裝不知道？」

鄭俊譽冷笑一聲，接著狠狠地橫了陳日峰一眼。

「我想那邊的叛徒已經把一切都告訴你們了，你就不必再演戲了。」

「阿譽，你收手吧。」陳日峰沉痛地勸道，「現在收手還來得及，不要再錯下去了。」

「我眞不懂你。」鄭俊譽一臉不解，「我手上有這麼多塔羅牌，你只要待在我身邊，即使什麼都不做也能勝出遊戲，爲什麼要背叛呢？背叛就算了，居然還投靠李宥翔，你曉得自己在做什麼嗎？」

「我當然曉得自己在做什麼，也曉得你在做什麼。」陳日峰說，「你瘋了……不再是我認識的那個阿譽了。」

自從進入體育館後，韓品儒便隱約聞到一股腥味，他東張西望，發現氣味來自體育館的某個角落。

「啊！」他忍不住驚叫。

李宥翔等人順著他的視線望去，紛紛瞪大了眼睛。

在一個裝滿籃球的鐵籠旁邊，有兩個人躺在地上——不，應該說是兩具屍體。

那是陸博文和梁智凡，大概是因爲曾經被集體毆打，梁智凡的臉腫成了豬頭，臉上的痘疤因此綳平；陸博文的眼鏡則是被打碎了，鏡架歪斜地擱在斷掉的鼻梁上。

除此之外，他們全身還有多處傷口和瘀青，手腳骨折，屈曲成人類無法達成的角度。

雖然龐哲元、副班長和巫綺蕾的死狀都比他們淒慘，但他們是在一瞬間死去，而這兩人的話……韓品儒不敢想像他們被折磨了多久、掙扎了多久才斷氣，這讓他不由得渾身顫抖起來。

「被發現了呢，早知道就把他們搬遠一點。」鄭俊譽輕鬆地說，一副滿不在乎的樣子。

「那是……陸博文和梁智凡嗎？」李宥翔平靜地問。

「好像是叫這兩個名字，我都快要忘了。」

「你爲什麼要這樣對他們？」

「更正，這樣對他們的人不是我，我只是負責提議，眞正下手的——」

鄭俊譽走到那些「支持」他的一眾男女前方，以他們爲背景，微笑著張開雙臂。

「是大家喔。至於爲什麼要這樣對他們，那根本是他們自找的。」

「說來聽聽？」

「梁智凡除了拒絕交出塔羅牌，還想煽動其他人攻擊我，我怎能不反擊？我只是下令大家教訓他一下，哪知他如此不堪一擊，隨便玩玩就死掉了。」

「那陸博文呢？」

「陸博文那小子拿出了一張叫『正義』的牌，嚷嚷著要把我持有的牌平均分給所有人，卻不知道我的『惡魔』可以抵禦其他人對我的卡牌攻擊，有夠蠢的。」

「原來如此。那我只剩下一個問題想問，你眞的認爲自己的所作所爲是正確的嗎？」

「我不需要你向我說教，李宥翔。」鄭俊譽傲慢地回應，「你已經問夠了，現在輪到我來問。你們有沒有塔羅牌？有就立刻給我交出來。」

「先別說我們沒有塔羅牌，即使有，我們也不會交給你。」

聞言，鄭俊譽嗤笑一聲。

「班長兼學生會長大人，看來你還是不明白現在的情況。這不是請求，而是命令！我『命令』你們馬上把持有的塔羅牌統統交出來！」

李宥翔等人不爲所動，視他的命令如無物。

鄭俊譽深知「皇帝」的命令是無法抗拒的，所以這種情況只代表了一件事——李宥翔等人確實沒有塔羅牌。

「哼，居然眞的一張塔羅牌也沒有，無能也該有個限度吧？」鄭俊譽語帶輕蔑，「今早還振振有詞要大家一起收集塔羅牌，到頭來自己卻一張也沒找到，眞是笑死人了。各位同學，你們眞的認爲這種人有資格當班長嗎？」

「如果你認爲我不配當班長，那我把這個位置讓給你也無妨。」李宥翔說，「只是，我很懷疑一個玩弄權術、煽動他人殺害同學的人，是否能成爲稱職的領袖。」

「無論你把話說得再漂亮，沒有塔羅牌的你就是不具備當領袖的資格，相反的，擁有塔羅牌的人才是眞正的領袖！」鄭俊譽怒道，「在這個遊戲裡，擁有塔羅牌即擁有權力，更別說我擁有的是『皇帝』！」

李宥翔和鄭俊譽——兩名地位相似性格卻截然相反的少年對峙著，宛如光與影一般。從他們身上散發出來的強烈壓迫感，讓旁觀者都下意識屏住了氣息。

「你提出了一個很有意思的論點。」李宥翔毫不退縮地直視鄭俊譽的眼睛，「你自己心知肚明，你的權力僅僅是建立在塔羅牌之上，如果你沒有塔羅牌……你什麼都不是。」

鄭俊譽漸漸捏緊了拳頭。

「你以爲擁有『皇帝』，你就會成爲眞正的領袖嗎？大家就會心甘情願地擁戴你嗎？」李宥翔進一步詰問，「事實正好相反。如果你不相信的話，就看看你身後那些人現在的表情吧。」

鄭俊譽猛地回過頭，許多人——主要是男生——都來不及轉換表情，被他看見了忿忿不平的樣子。

「看吧，他們只是受到威脅才跟隨你，你的勢力其實岌岌可危，你必須無時無刻保持警惕，只要露出一絲空隙就會被乘虛而入。舉例來說，你是透過說話下達命令的吧？要是你無法說話，那會怎樣呢？」

「我會讓這種事情發生嗎？」

鄭俊譽表情陰狠。

「除了『皇帝』，我還有『戰車』和『惡魔』，不管是什麼攻擊，我統統都可以抵禦！還有，別忘記大家的手機都在我手裡，敢不聽我的話的人，我不僅不會分牌給他們，還會把他們的手機砸個粉碎！這樣做的後果將會是如何，你們不會不曉得吧？」

這句話讓鄭俊譽手下的人都流露出了懼意。

持有最多卡牌的三人獲勝，其餘的人死亡——這是遊戲的通關條件，如果手機被破壞了，即使擁有再多塔羅牌也無法登錄、確認持有權，也就是無法持有卡牌。

手機破壞等同於死亡，這堪稱是遊戲的鐵則。

李宥翔深深地嘆了口氣。

「鄭俊譽，你到底是怎麼了？醒醒吧，不要再錯下去了。你看我不順眼的話，對付我一個人就好了，何必這樣折磨大家？你知道自己傷害了多少人嗎？你知道……你的所作所為有多麼讓你的朋友痛心嗎？」

李宥翔的最後一句話，使鄭俊譽露出了被碰觸逆鱗的憤怒神情。

「閉嘴，你什麼都不知道，少自以為是了！」鄭俊譽帥氣的五官扭曲起來，額角爆出青筋，「沒錯，我是看你不順眼，非常非常地厭惡你，所以我要徹底打敗你，讓大家看清你只是個虛有其表的窩囊廢！廢話就說到這裡了。」

他打了一記響指。

「給我好好教訓他們！」

鄭俊譽的手下們應聲行動，手執球棒朝韓品儒、李宥翔、溫郁謙和陳日峰發動攻擊。他們集中火力對付比較棘手的李宥翔等人，讓林尚斌獨自對付韓品儒。

先前打敗劉威使得林尚斌自信大增，即使失去了「力量」牌仍來勢洶洶。他甚至沒有拿任何武器，一上來便重重踢了韓品儒的膝窩一腳，把他摺倒後，就不客氣地坐到他身上，雙拳左右開弓，一下接著一下痛揍韓品儒。

韓品儒剎那間嘴裡全是濃重的血腥味，臉頰也腫了起來，他的右手被巫綺蕾刺傷後使不出力，只好用左手勉強抵擋林尙斌的拳頭，然而完全是螳臂擋車。

林尙斌殺得性起，伸手緊緊掐住了韓品儒的脖子，笑得無比猙獰。韓品儒拚命反抗，想用膝蓋把他撞開，卻遠遠敵不過林尙斌的蠻力，當他感覺自己就快要窒息而死的時候——

「夠了，先這樣吧。」鄭俊譽開口。

但林尙斌像是沒聽到他的話一樣，繼續把韓品儒往死裡掐，神情異常瘋狂，猶如暴力成癮。

「我說夠了！」

直到鄭俊譽再次下令，林尙斌這才放開韓品儒。

韓品儒揉著被勒傷的脖子不斷地咳嗽，環顧四周只見勝負已經分曉，他們這方無一例外被拿下，遍體鱗傷。

「太難看了，李宥翔。」鄭俊譽走到被迫跪倒在地的李宥翔面前，輕蔑地說，「我還以爲你會有什麼對付我的策略，哪知你除了耍嘴砲就沒招了。是你自己選擇過來送死的，不要怪我。」

鄭俊譽揚起殘酷的笑容。

「不過你大可放心，我不會像對付梁智凡和陸博文那樣對付你，因爲一瞬間就死掉實在太便宜你了。我只會破壞你的手機，把你關進倉庫裡慢慢折磨，直到遊戲結束爲止。」

隨後，鄭俊譽的手下對韓品儒等人進行搜身，把他們的手機一一拿走，接著再用繩子把他們牢牢地捆縛起來。

鄭俊譽拿起李宥翔的手機檢查，嘴裡發出不屑的「嘖嘖」聲。

「居然真的一張塔羅牌也沒有，還有這手機型號也太寒酸了吧？你家不是很有錢嗎？怎麼不叫你的社長老爸給你買支新款一點的？哎──」

他假裝不小心手滑，手機「啪」一聲掉到地上。

「一時手滑了真不好意思呢。不過既然已經摔壞了，你就趁機換一支更好用的吧？最近很紅的那個假掰牌子怎樣？可配得上你學生會長的地位？」

說完，鄭俊譽狠狠地踐踏那支手機，彷彿要把一直以來對李宥翔的怨恨徹底發洩出來。

不出十秒，手機便變成了一堆殘骸。

「說起來，你能當上學生會長，該不會是你老爸捐了錢給學校吧？」鄭俊譽極盡嘲諷地說，「天生拿一手好牌的人還真是方便啊。」

本來一聲不吭承受著一切的李宥翔，聽到這句話後卻抬起了頭。

「把自身的能力不足歸咎於他人，這才叫方便吧？」

鄭俊譽咬著牙重重踢了他一腳，力道大得就算當場把人踢死也不意外。

接下來遭殃的是溫郁謙的手機，同樣被鄭俊譽踩得支離破碎，當輪到陳日峰的手機時，鄭俊譽卻有點拿不定主意。

「我再給你一點時間考慮。」鄭俊譽對陳日峰說，「如果後悔的話，只要跟我講一聲，我立刻把手機還你，塔羅牌也會分給你。」

「真正該後悔的是你。」陳日峰冷冷反駁。

鄭俊譽沉下臉來，卻又不好對昔日好友發洩，於是拿起了韓品儒的手機往地上重重摔去——

「等、等一下！」韓品儒崩潰似的大喊，「不、不要破壞我的手機！求求你！我不想死啊！」

鄭俊譽冷笑一聲。

「哼，死到臨頭才知道害怕，但已經太遲了！不要怪我，要怪就怪你站錯邊！」

「求、求求你，也把塔羅牌分給我吧！我、我什麼都願意做！」

「品儒，你明白自己在說什麼嗎？不要求那個混蛋！」溫郁謙怒道。

鄭俊譽聽到了令他感興趣的話，伸手摸了摸下巴，露出邪惡的笑容。

「什麼都願意做？那麼……你用那邊的球棒打李宥翔，直到我滿意為止，辦得到的話，我會考慮分牌給你。」

韓品儒面露猶豫。

「怎麼了？不願意嗎？那你的手機就……」

見鄭俊譽又作勢要把手機摔到地上，韓品儒馬上緊張地阻止。

「不不不……我、我打就是！千、千萬不要破壞我的手機！」

「那就讓我看看你的誠意吧。對了，別攻擊要害，打斷幾根骨頭就好，我還想留著他受苦呢。」

鄭俊譽命令一名手下解開韓品儒身上的繩索，韓品儒搖搖晃晃地站起來，拿起了一支球棒。

「韓品儒，要是你眞的對宥翔下手，我以後就沒有你這個朋友！」溫郁謙高聲道。

「對不起……可是我眞的……不想死……」韓品儒痛苦地說，「原諒我……」

他閉上眼睛，舉起球棒往李宥翔身上用力揮下。

只聽「喀」一聲，似乎有什麼東西斷掉了，鄭俊譽激賞地吹了聲口哨。

看到李宥翔的手臂變了形，韓品儒嚇得渾身冰冷、臉色發白，連球棒也握不穩。

「繼續打啊！在等什麼呢？」

在鄭俊譽的威逼下，韓品儒只能持續向李宥翔施暴，直到李宥翔終於失去了知覺，鄭俊譽這才喊停。

「好了，不要把他打死了。想不到你眞的下得了手，你和李宥翔不是好朋友嗎？」

「只、只是比普通同學熟一些……算不上什麼朋友……」韓品儒低聲嘟囔。

聞言，鄭俊譽不禁瞥了陳日峰一眼。

「不管平時多麼要好，到了關鍵時刻仍可以毫不留情地背叛……所謂的友情也就是這樣廉價的東西。」

在體育用品倉庫的門被關上的前一刻，李宥翔奄奄一息地倒在地上，韓品儒別過頭去不敢看他。

☆

呼……幸好還在。

見手機和塔羅牌都安然無恙，韓品儒不由得鬆了口氣。

這裡是第四校舍一樓的男生洗手間，韓品儒此刻正在最裡面的隔間。

這個隔間其中一面牆的磁磚中，有一塊特別鬆動，把它掀下來後，便可發現後方有個手掌大的洞。

這個洞是某些不良學生平時用來藏違禁品的地方，這是韓品儒偶然聽到他們的對話才發現的。

在前往體育館之前，韓品儒把自己的手機和「星星」牌藏在這個洞裡，其他人也各自找了個祕密場所，把他們眞正的手機藏好。

方才被鄭俊譽破壞和沒收的手機其實並不屬於他們，而是他們從死去的同學身上拿來的。

換句話說，鄭俊譽得到的只是巫綺蕾、劉威和龐哲元的手機。這三支手機的主人都恰巧沒有設定密碼，因此他們可以輕易僞裝成自己的手機來使用。

此外，爲避免「星星」被鄭俊譽用「皇帝」下令奪走，韓品儒預先將這張牌的持有權轉移至了副班長的手機，也就是說，副班長才是「星星」的眞正持有者。

——以上全是在前往體育館前，李宥翔吩咐他們進行的小小「準備」。

至於韓品儒的倒戈自然也是之前商議好的，他們都認為若要找出鄭俊譽的破綻，就必須深入敵陣與狼共舞，韓品儒向來給人文弱的印象，由他來倒戈最不容易引起鄭俊譽的戒心。

在用球棒毆打李宥翔的時候，韓品儒雖然極不忍心，但也不敢留力，他不斷在心裡告訴自己，只要李宥翔還有一口氣在，都可以用「太陽」來復原。

「喂，韓品儒你是在上大號嗎？怎麼在廁所裡待這麼久？快滾出來！」名叫池東皓的男生在洗手間外大喊。

「來、來了！」韓品儒邊說邊把手機塞進制服外套的暗袋裡，壓下沖水鈕。

「我警告你不要搞鬼！」

等韓品儒終於從洗手間出來，池東皓馬上惡聲惡氣地說。

「你也聽到了譽哥的吩咐吧？我們必須把歐陽奈奈和武唯伊都抓住，還得將餘下的塔羅牌弄到手！譽哥剛才用『世界』確認了，說她們正躲在音樂教室，我們得快點去抓她們！」

韓品儒本想再拖延一會，無奈池東皓態度強硬，於是他只好跟著前往位於二樓的音樂教室。他們在裡面搜索了一陣子，沒發現歐陽奈奈和武唯伊的蹤影，韓品儒頓時鬆了口氣。

池東皓性格開朗，擅長帶動氣氛，經常把大家逗得哈哈大笑，堪稱班上的活寶，但此刻的他卻跟平時判若兩人，陰沉著一張臉，徹底成了鄭俊譽的一條守門惡犬。

由於鄭俊譽對韓品儒還未完全放心，因此吩咐池東皓跟他一起行動，貼身監視。

韓品儒決定試探對方一下，「那、那個……其實你的想法是怎樣的？」

「什麼想法怎樣？」

「聽、聽說很多塔羅牌都是你們找到的，可是現在全部都在譽哥手上，不覺得有點太過……嗚呃！」

池東皓一把揪住了韓品儒的領子，狠狠地把他按到牆上。

「你居然敢說這種話！只要我跟譽哥說一聲，你就是下一個梁智凡！」

韓品儒勉強從喉嚨擠出聲音，「你……你怎麼不說我是下一個陸博文？」

池東皓聞言呆了呆，眼裡浮現出悲傷，接著微一咬牙，左右瞧了眼走廊，拉著韓品儒躲進了最近的教室裡。

「韓品儒，行行好，不要再講鄭俊譽的壞話了好嗎？」

聽池東皓的口吻，似乎還是比較好說話的，於是韓品儒大著膽子接口。

「可、可是你不覺得奇怪嗎？他的性格雖然有點惡劣，也不至於會這樣對待同學吧。」

「唉，別再說了。平時大家沒利益衝突時，當然可以和平共處，可是現在面臨生死關頭，人人當然都會選擇自保，不過他確實是做得……極端了些。」

「已、已經不只是極端了些吧……這樣下去是不行的，你們不也曾經反抗過嗎？一次不成功，可以再來一次。你、你待在他身邊那麼久，總會知道他一兩個弱點吧，譬如他把搶來的手機藏在哪裡之類的。」

池東皓嘆了口氣，「說實話，我真的不清楚。他很多事情都是獨自進行，不然就是只讓吳美美幫他。而且我也不想反抗，應該說，我們這些在他手下的人沒一個想反抗。」

「為、為什麼？你們不想把手機拿回來嗎？還有塔羅牌呢？」

「只要乖乖聽鄭俊譽的話，我們就可以得到塔羅牌和手機，什麼反抗、打倒，說起來容易做起來難，要是失敗了，我們一定會被鄭俊譽處死，這代價太大了！」

「但、但是……」

「你說得這麼容易，那是因為你還未真正領教過鄭俊譽有多恐怖，也不明白我經歷過怎樣的恐怖。我親眼看著陸博文嚥下最後一口氣，甚至，他的死正是我這雙手直接造成的。」

池東皓低頭注視著自己顫抖的手。

「當我考試不及格差點要留級時，陸博文整整一個月每天陪我念書。去年校外教學的時候，我跌斷了腿，又被馬蜂追趕，陸博文冒著性命危險過來救我……他對我這麼好……我……我卻用這雙手把他殺了……我為了苟且偷生，用這雙手把我的朋友殺了啊！」

池東皓雙眼布滿血絲，衝著韓品儒瘋了似的大聲咆哮。

「他哭著求我，叫我停手，我卻充耳不聞，繼續用啞鈴砸他，等我回過神的時候，他已經渾身鮮血，不成人形了……我有多貪生怕死，你知道嗎！」

他抓著韓品儒的肩用力搖晃，淚水從他的臉上滑下。

「我是因為相信鄭俊譽會在最後分塔羅牌給我，還有把手機還給我，才把陸博文給殺了。你是要我推翻這一切嗎？那我是為了什麼才把我這輩子最好的朋友殺死？」

「這……這不能完全責怪你們，因為你們是被威脅的。真、真正可惡的人是鄭俊譽，你應該設法打倒他，替陸博文報仇。」

「即使是被威脅，我們事實上依舊是殺了人！已經回不去了……我們這些人雙手都沾滿了鮮血，我們是鄭俊譽的共犯……只能這樣繼續下去了……」

韓品儒深深感受到，殺人的罪惡感快要把池東皓壓垮了。若鄭俊譽眞的被打倒，池東皓殺害朋友的理由亦不復存在，他會徹底壞掉的。

鄭俊譽不親自殺人，而是唆使其他人替他動手，就是爲了讓他們成爲自己的共犯。

「我們都是罪人」、「我有罪的話，你的罪不會比我輕」、「想清算我的人，先清算自己吧」。

鄭俊譽可能比想像中更懂得玩弄人心，他巧妙地利用同學們的共犯意識，來消磨眾人的反抗心態。這樣的策略未必對每個人都有效，不過至少在池東皓身上效果顯著。

韓品儒不再說話，因爲他明白無論再怎樣遊說都不會有用了。

他們默默離開教室，繼續往其他樓層前進。

來到四樓，經過美術教室時，韓品儒忽然聽到裡面傳出一些聲響，池東皓也發現了，並且露出了警戒的表情。

他向韓品儒使了記眼色，之後小心翼翼地打開美術教室的門，只見裡面……

空無一人。

「咦？」

池東皓開了燈，四下仔細查看，依舊見不到半個人影。

「奇怪了，剛才明明有聲音……」池東皓咕噥著說。

「可、可能是老鼠？」韓品儒裝傻，「我、我們不要在這裡浪費時間了，快點去下一個地方吧。」

正要離開美術教室的時候，聲音再度響起，卻是來自美術器材預備室的方向。

「她們躲在預備室裡！」池東皓低喊。

「不，那、那好像是從隔壁教室傳來的，我們過去看看吧。」

池東皓沒有被韓品儒的言語誤導，仍是徑直走向預備室。

轉了一下門把，門是鎖著的。

「眞麻煩，鑰匙在哪裡？」

韓品儒知道預備室的鑰匙就放在講桌的抽屜裡，卻說：「好、好像在教務處。要不我先在這裡守著她們，你去教務處拿？」

被韓品儒多番阻撓，池東皓再怎麼好騙，也察覺有點不對勁了。

「韓品儒，你是不是想包庇歐陽奈奈和武唯伊？」

「怎、怎會呢？」

預備室忽然傳出斷斷續續的呻吟。

「外面……有人嗎……」

說話的人似乎處於劇痛之中，聲音有點變調，但韓品儒還是認出了這道軟糯的聲音。是校花裴雪姬。

「咦？這不是白雪公主的聲音嗎？」池東皓也認出來了。

「幫我……開門……」

得知躲在裡面的人不是歐陽奈奈和武唯伊，韓品儒不由得放下了心頭大石，於是從講桌的抽屜取出鑰匙。

「你不是說鑰匙放在教務處嗎？」池東皓怒道。

「我……我也是剛剛才想起這裡有備份鑰匙……」

打開預備室後，他們嚇了一大跳，不約而同地往後退了一步。

一名女孩正在雜物堆裡痛苦地掙扎，她深陷在由調色盤、顏料管、畫筆、雕刻刀等美術用品築成的地獄中，下半身還被一個等身大的石膏人像壓著。

裴雪姬不僅是二年一班的女神，更是整個聖楓高中的校園偶像，她就像一道會移動的風景線，只要她經過，所有人都會不自覺地被吸引目光。

可是……這道亮麗的風景線不會再出現了。

她那白雪公主般的美貌消失得無影無蹤，瓜子臉上只剩下潰爛的血肉，以及大大小小的水泡，別說女神了，簡直就跟女鬼一樣。

「天哪，她的臉……」池東皓低聲說，「欸？這裡怎麼有個貼著硫酸標籤的空瓶子？難道……」

兩人合力把裴雪姬身上的雜物移走，將她從預備室抬出來。只見除了臉部，她的後腦也受了傷，頭髮上結了不少血塊。

韓品儒去洗手臺裝了一大盆清水，小心翼翼地幫她沖洗傷口。一被水碰到，裴雪姬立刻發出淒厲如夜鴉的慘叫，彷彿身受酷刑。

「好痛！我的臉到底……」裴雪姬說著，伸手要去摸自己的臉。

「不、不要摸！」韓品儒趕緊制止她，「妳、妳的臉……受了些傷，妳不要亂動亂摸，要是傷勢惡化就糟了。」

「是怎樣的傷？很嚴重嗎？會留疤痕嗎？鏡子！快給我鏡子！」

「妳、妳的傷是有點……但妳不用害怕，有一張塔羅牌叫『太陽』，無論多嚴重的傷都可以一下子治好，連疤痕也不會留，等等我會幫妳找來——」

話未說完，韓品儒便後悔了，「太陽」原本是要用在李宥翔身上的。

「眞的嗎？你答應了我，一定要幫我找來喔！人家從以前就覺得品儒同學你是個很與眾不同的男生，特別有男子氣概。」

「妳爲什麼會被關在這裡？」池東皓問。

「我不太記得了……我好像曾經暈倒，醒來後就發現被關在這裡了。」

「那、那妳還記得暈倒前的事嗎？」韓品儒問。

「我好像是在……木工教室外面的走廊？對，那時候我遇到了尙斌同學，他剛跟劉威同學打了一架……」

裴雪姬伸手探進制服口袋，之後慌張地叫了起來。

「等等，我的牌呢？怎麼不見了？我明明有三張塔羅牌啊！是你們拿走了？是不是？」

「我、我們沒有拿妳的牌，妳找仔細一點……」

「等一下，我好像想起來了……我離開木工教室後，走上了一層樓，之後覺得似乎被誰跟蹤著……當我想回頭時，腦袋突然被什麼東西敲到，很痛……有個人把我拖進了美術教室……沒錯！就是那個人……往我臉上……」

「那、那個人是誰？」

「是……」

裴雪姬正要把名字說出來，卻又暈了過去，無論怎樣喚就是不醒。

「算了，不要管她了，我們先去把鄭俊譽交代的任務完成吧，時間不多了！」

池東皓不斷催促，韓品儒儘管對裴雪姬放心不下，無奈他並沒有其他可以爲她做的事，於是只得先跟池東皓離開。

他們才踏出美術教室，便遇到一名鼻子朝天、長了一口暴牙的女生，韓品儒記得稍早在體育館也見過她。

「池東皓、韓品儒，俊譽同學在找你們，他叫你們現在馬上回體育館去。」那名女孩——吳美美說。

韓品儒和池東皓互看一眼，均是惴惴不安，不知道鄭俊譽把他們叫去想幹什麼。

「怎麼一副心虛的樣子，你們兩個是不是在美術教室裡摸魚?俊譽同學吩咐你們的事情都做好了嗎？」她咄咄逼人地問。

「我們沒有摸魚！」池東皓趕緊澄清，「我們剛才聽到裡面有點怪聲，以爲是歐陽奈奈和武唯伊躲在那，哪知原來是裴雪姬。她的臉受傷了，我們就稍微照料了她一陣子，絕對不是故意偷懶，妳千萬不要在譽哥面前亂說啊！」

吳美美顯然還是不太相信的樣子，於是親自走進美術教室檢查了一下。

「你們似乎沒說謊。」吳美美說，「對了，裴雪姬有沒有跟你們說話？」

「跟我們說話？」池東皓問。

「例如……她有沒有告訴你們是誰用硫酸襲擊她？」

韓品儒頗感疑惑，吳美美爲什麼會曉得裴雪姬是被人用硫酸襲擊？難道……

「沒、沒有。」他小心翼翼地回答，「她、她一直都處於昏迷狀態，沒有開口說話。」

「咦？不是這樣吧，她不是說了好些話嗎？」池東皓反駁，「她說有個人——」

「那、那些只是神智不清的呻吟而已……我、我們不要再待在這裡了，快點去體育館吧。」

韓品儒說完便轉身離開，但走沒幾步，後面突然傳來肉體被尖銳物品刺穿的聲音，慘叫聲隨即在走廊迴盪。

回過頭去，只見池東皓趴伏在地上，背上有道鮮紅的血跡正不斷擴散。

至於傷害他的吳美美手裡則是拿著一把染血的菜刀，臉上揚起標準的殺人犯式笑容，就差沒伸舌頭舔去菜刀上的血。看到池東皓仍在掙扎和呻吟，吳美美再度往他身上瘋了似的亂刺，把他捅成了蜂窩。

韓品儒還未反應過來，雙腳就擅自邁開跑了起來，吳美美也立刻拔腿追趕。

校歌鈴聲響起，傳來了池東皓遇害的消息。

【NO.17 池東皓：確認死亡。餘下人數：18人。】

韓品儒慌不擇路，火速衝上了五樓，兩名鄭俊譽的手下迎面走來，似乎在討論著什麼。

「這張叫Temperance的塔羅牌還眞是難找，居然藏在水管後面，不過總算可以交差了。」

「沒錯，這下譽哥應該滿意了吧？希望他可以快點把手機還給我們。說起來Temperance是啥意思啊？」

「救、救命啊！吳美美殺了池東皓！」韓品儒連忙向他們求救。

那兩名男生嚇了一跳，接著便瞧見吳美美手持菜刀追了上來。

「這是俊譽同學的命令，他說要殺了韓品儒和池東皓，因爲他們背叛了他！你們也快點幫忙！」吳美美尖叫著說。

「不、不要相信她！吳美美把裴雪姬毀了容，被我跟池東皓發現後就想殺人滅口！你、你們快制止她！」

「白雪公主被毀容？不會吧？」「不可能！你不要騙人！我不相信！」

二年一班不少男生都愛慕著裴雪姬，把她當成眞正的公主捧在手心，這兩名男生也不例外。平時別說讓裴雪姬受傷，就連稍微重一點的東西都不捨得她拿，因此當他們聽聞裴雪姬被毀容均是震驚不已。

「你們別相信韓品儒的鬼話，他想轉移你們的注意力，你們千萬不可以中計！下令殺他的是俊譽同學，手機和塔羅牌你們都不要了嗎？」

最後一句話殺傷力極大，兩名男生當場下定了決心要對付韓品儒。

吳美美是鄭俊譽的心腹，她的話也不能違抗，若是她向鄭俊譽告狀就糟了。裴雪姬的事只能先放到一旁，畢竟校花可以有很多個，自己的命卻只有一條。

韓品儒只好繼續逃亡，就在他跑過某個轉角時，感覺腳下好像踩中了某個東西，一晃眼，右臂便突然被人拉住。

「人呢？他往哪裡去了？」「分頭去追吧！」

吳美美和兩名男生從韓品儒眼皮底下跑過，卻沒看到他就站在那裡，他彷彿隱形了一樣——

不，他確實隱形了。

韓品儒轉過頭，只見伸手拉住他的宋櫻把食指放在唇邊，示意他別出聲。

等吳美美他們的腳步聲消失，宋櫻才帶著他躲進附近的一間機房裡。

「剛、剛才眞的好險……謝謝妳。」韓品儒心有餘悸地說。

宋櫻嘴角揚起冷笑，「你知道我說的魔女是誰了嗎？」

「我、我起初以爲是裴雪姬，但其實是……吳美美吧？」

「正確來說，她們兩人都是。」

「我、我知道裴雪姬持有『戀人』，可是……吳美美又跟這張牌有什麼關係了？」

「裴雪姬在木工教室外面奪走了林尙斌的塔羅牌，之後她的牌卻反被吳美美搶走。吳美美跟蹤裴雪姬走上四樓，從後面用鐵鎚把她打暈拖進美術教室，出來的時候手裡拿著塔羅牌——整個過程我在遠處全部親眼目睹。」

韓品儒回想起早上的那一幕，短短的一條走廊上，原來當時有這麼多在場的人和目擊者，包含了他自己、劉威、林尚斌、裴雪姬、吳美美和宋櫻。

「得到『戀人』後，你猜吳美美會用來做什麼？」宋櫻問他。

韓品儒的腦中浮現鄭俊譽對吳美美不尋常的態度。

「難、難道……她用『戀人』把鄭俊譽奴隸化了？難怪鄭俊譽對吳美美特別親暱。等、等一下，如果鄭俊譽眞的被她奴隸化了，那麼……」

宋櫻點點頭。

「以吳美美作爲人質的話，鄭俊譽肯定會就範。我早就想向吳美美下手了，但她老是待在體育館裡，又寸步不離地跟在鄭俊譽身邊，害我一直找不到機會。不過我想她應該很在意有誰接近美術教室，於是我便用『隱者』在那一帶埋伏。當你和池東皓進入美術教室後，吳美美如我所料地出現了。接下來發生的事不用多說，我見到吳美美追著你跑上五樓後，就從另一條路繞過去伏擊她。本來我在轉角處躲得好好的，她也正要跑過來，就在我快得手的時候——」

宋櫻眼裡閃過一絲寒光，語氣冷得彷彿溫度降到了冰點以下。

「有個笨蛋重重地踩了我一腳。」

雖然機房裡又悶又熱，但韓品儒很清楚這不是他額角冒汗的原因。

「對、對不起……」

宋櫻嘴角翹起一個冷酷的弧度。

「現在給你一個將功贖罪的機會，跟我一起去抓住吳美美。」

✡

韓品儒和宋櫻手牽手走在校舍裡搜尋吳美美。

宋櫻一副冰山美人的模樣，韓品儒原以爲她的手也會是冰的，結果牽起來出乎意料的溫暖。

「不、不好意思，請問……一、一定要牽手嗎？」韓品儒囁嚅著問。

「『隱者』能令持有者隱形，而且可以把能力分享給最多兩人，條件是必須與持有者維持某種程度的接觸。你想暴露自己的行蹤便儘管放手吧。」

「對、對不起，我會好好牽著！」

「還有一點你得記著，那就是只要奔跑或快速移動，『隱者』的能力就會自動解除，因此你必須配合我的腳步。」

兩人在附近轉悠了一會，發現原來吳美美並未走遠，她正在六樓的地理教室前方對兩名男生大發雷霆。

「你們到底有沒有認眞去找？你們都不要塔羅牌和手機了是不是？」

「我們已經很認眞地找了，可是那傢伙就像隱形了一樣，到處也找不到……」

「這是什麼爛藉口？總之，你們在半小時內還抓不到韓品儒的話，我就叫俊譽同學把你們的手機砸個稀巴爛！」

兩名男生立刻哀號連連。

韓品儒注視著宋櫻的側臉，她似乎正在盤算該怎麼拿下吳美美。就在此時，一道厲鬼般的哭叫劃破了走廊的空氣。

「就是妳！是妳把我的臉弄成這樣！我不會放過妳！」

一名外貌駭人的女孩出現在走廊盡頭，她的模樣宛如在花樣少女的胴體上裝了一張妖怪的臉，簡直是個活生生從恐怖漫畫裡走出來的角色，整個人說不出的可怕詭異。

這名女孩正是裴雪姬，顯然她多半已經透過鏡子或自己映在窗玻璃上的身影，得知了自己現在的樣貌。即使身負重傷，強烈的怨恨依舊使裴雪姬拚盡全力找到了仇人。

「妳這醜女，快把我的臉還來！嗚嗚嗚嗚嗚哇哇哇哇哇啊啊啊啊啊啊啊！」

裴雪姬雙手各握著數把鋒利的雕刻刀，嘴巴張開到了極致，咆哮著衝向吳美美。

少女之間的殘酷激鬥瞬即展開。

裴雪姬用雕刻刀猛戳吳美美的咽喉，吳美美隨即以菜刀回敬，武器相交之際幾乎有火花濺出。兩人的眼底都寫滿了怨毒，彷彿已經恨了彼此一輩子。

由於她們的身材幾乎一樣，因此力量不會有多大差距；武器方面，吳美美的菜刀雖然占了優勢，不過裴雪姬出手更狠辣，彌補了武器的不足。

兩名男生在旁邊不知所措地看著，不曉得應該幫哪一方，而且她們打得太激烈，他們也無從插手。

不一會，裴雪姬便被吳美美刺傷了手臂和肩頭，但裴雪姬也用雕刻刀在吳美美臉上和身上戳出了無數個血洞。

突然，裴雪姬張大嘴巴咬了吳美美的手一口，吳美美慘叫一聲，菜刀從指間飛脫。

「嘿嘿嘿嘿嘿嘿嘿……」

滿口牙齒皆被鮮血染紅的裴雪姬，從嘴裡吐出一塊爛糊糊的人肉，肉塊「嗒」一聲掉到地上，她發出狂氣的笑聲。

見裴雪姬把菜刀拾起，吳美美倉皇地轉身就跑，然而裴雪姬快她一步，衝過去把她撲倒在地。

兩人在地上抱著滾了幾圈，裴雪姬終於將吳美美壓在身下，並用菜刀刺向她的喉嚨。

「去死吧，醜女！」

「再醜也比妳美，妳也不看看自己現在的鬼樣子！噁心死了！」

「妳說什麼？」

只見刀尖一點一點地陷入吳美美的脖子裡，鮮血蜿蜒而下，只差一點，大動脈就要被切斷——

「要是吳美美被做掉，那可就沒戲唱了。」

宋櫻低聲說著，甩開了韓品儒的手，拿出一支用黑色皮革套著的金屬短棍，箭步上前。

她手持短棍精準地敲向裴雪姬的後腦，裴雪姬在強烈的衝擊下瞬間昏迷，軟倒在地。

這支短棍型武器名叫「黑傑克」，光看外表不像有多大的殺傷力，但如果用盡全力打下去的話，足以讓頭骨碎裂，是一項相當危險的武器。

韓品儒看得瞠目結舌，那兩名男生見到突然現身的宋櫻和韓品儒也大吃一驚。

打倒裴雪姬後，宋櫻緊接著又把吳美美擊暈。

「我、我就說了這都是吳美美搞的鬼吧。」韓品儒對那兩名男生說，「你、你們快點幫忙把吳美美抓起來，吳美美用『戀人』把鄭俊譽奴隸化了，只要她在我們手上，鄭俊譽必定會屈服！」

兩名男生猶豫了一下，接著卻互相使了記眼色，各自往不同方向拔足狂奔。

「喂、喂！」韓品儒高叫。

「算了，不用理他們。他們應該是回去體育館向鄭俊譽報告吧？那也無妨，我還怕鄭俊譽不知道呢。那麼——」

宋櫻盯著失去意識的吳美美，冷酷的笑意在嘴角浮現。

「這邊也要開始了？」

✡

吳美美醒來後，藉著從通風口透進來的光線，發現自己身處於一間狹小的儲物室。她被人以繩子牢牢地綁在一張椅子上，嘴裡還塞了毛巾。

綁匪的身分毫無懸念，因爲對方就在她眼前——韓品儒和宋櫻。

韓品儒和宋櫻的手腕都纏了一圈麻繩，再仔細觀察，原來三人被同一條繩索串連著。

這樣是爲了更方便地使用「隱者」，使三人能同時隱身。

「醒來了嗎？」宋櫻問吳美美，「我接下來會問妳一些問題，因此會拿走妳嘴裡的毛巾，妳不准亂叫亂動，明白了就點一下頭吧。」

吳美美用倔強的眼神瞪著她，頭部紋絲不動，於是宋櫻又問了一遍。

「看來還是聽不到，那我來幫妳吧。小韓，把那東西給我。」

「小、小韓？是在叫我嗎？」

「這裡除了你還有姓韓的人嗎？」

不知什麼時候淪爲宋櫻小弟的韓品儒，小心翼翼地向她遞出一瓶硫酸。

「妳就是用這東西把裴雪姬毀容的吧？要不要也試試看？」

宋櫻說著，打開瓶蓋滴了一小滴液體在吳美美的手上。不知是有意還是無心，她滴的正是吳美美方才被裴雪姬咬下一塊肉的地方。

吳美美痛得臉孔扭曲，卻仍是強忍著不點頭。

「再沒有回應，我接下來就把這瓶硫酸倒在妳臉上，讓妳當裴雪姬的姊妹花去。」

宋櫻這番話並非恐嚇，而是在陳述事實，吳美美意識到了這一點，於是僵硬地點了一下頭。

「那就從實招來吧。」

宋櫻拿走她嘴裡的毛巾，但仍不敢稍有鬆懈，要是察覺到吳美美想大叫或有其他異樣，她會馬上把她制服。

「你們……想知道什麼？」吳美美低聲問。

「所有事情。」宋櫻說，「妳爲什麼要把裴雪姬毀容？」

吳美美先是閉上眼睛，調整了下情緒，之後開始小聲地告白。

「我想這樣做很久了。即使沒有被捲進這個遊戲，我想總有一天我還是會下手的，因爲裴雪姬她不是人，而是一隻披著人皮的妖怪。只有把她那張美豔的臉皮剝下來，才能讓大家不再被她迷惑，尤其是……俊譽同學。」

她似乎一直把這些事憋在心裡，早就想說出來了，因此不用宋櫻持續逼問，一開口就滔滔不絕。

「妳剛才不是說要把我和裴雪姬變成姊妹花嗎？這句話實在多餘，因爲我和她本來就是親姊妹，還是雙胞胎那種。哈哈，你們的表情也太好笑了，聽到我和裴雪姬是雙胞胎姊妹有那麼驚訝嗎？這也難怪，因爲我們一點也不像，她長得很美，而我是個……是個……醜女。據說裴雪姬出生時就非常漂亮可愛，像白雪公主一樣，因此才被取名爲『雪姬』，而我……卻因爲長相醜陋，父母懶得替我想名字，僅僅因爲是裴雪姬的妹妹，便索性叫『美美』。哈哈，因爲長得醜，所以連個像樣的名字也不配擁有，很可笑吧？」

吳美美的聲音十分苦澀，眼角微微泛紅。

「從小到大，裴雪姬最喜歡做的事情就是欺負我，但凡我喜歡的東西，她都會不擇手段搶走。只要我哭，她就會笑得好開心，就算我向大人們告狀也沒用，他們總是盲目地相信她，覺得長得這麼可愛的女孩不會說謊，而我則被大家認定是容貌和心腸一樣醜惡的妹妹。」

吳美美猶如童話故事中的灰姑娘，只是她沒有灰姑娘的美貌，欺負她的人也不是醜陋的繼姊，而是白雪公主。

「十二歲那年，我爸媽離婚，裴雪姬跟著媽媽走了，姓氏也改成跟媽媽一樣。如果不是碰巧進入同一所高中，我想這輩子應該不會再遇到她。重遇裴雪姬後，她警告我不要把我們的關係說出去，大概是認爲有個長得醜的雙胞胎妹妹很丟臉吧。

她把我當成陌生人，因此沒有像以前一樣明刀明槍地欺負我，可是這不代表我可以平靜地過高中生活。因爲長得醜，我從來沒少受過苦，許多男生不是故意無視我，就是醜女、醜女地喊我。他們不但把垃圾塞進我的抽屜裡，還偷走我的課本，在每一頁都寫上『醜女去死』……」

說到這裡，吳美美再也忍不住，淚水一滴滴地落在襟前。

「嗚嗚……我做錯了什麼嗎？爲什麼要這樣對我？長成這樣子，又不是我自己希望的……」

看她聲淚俱下地訴苦，韓品儒也不禁替她難過，外貌被人嘲笑是一件相當殘酷的事，對女生來說尤其如此。

此時，宋櫻突然做出一個讓韓品儒意想不到的舉動，她解下制服領口的緞帶，裹到吳美美的手上。

吳美美以爲宋櫻又想惡整自己，拚命地想把手縮回去，然而宋櫻只是很平常地進行包紮的動作，一圈又一圈地把傷口纏起來，再拔下頭上的一根髮夾，將緞帶固定好。

「繼續吧。」宋櫻淡淡地說。

吳美美愣了愣，用不敢置信的眼神瞧著她，然後吸了吸鼻子，接著說下去。

「可是……升上高二後，情況不同了。班上有個男生不僅不會欺負我，還會跟我打招呼、對我微笑，親切地喊我的名字，甚至有時跟我聊天。我本來很討厭自己的名字，但是當這名字從他口中說出來，我忽然又不覺得討厭了。雖然我明白他對我沒有特別的意思，我還是忍不住想要親近他，只要他偶爾回過頭喊一聲我的名字，或是對我笑一笑，我就覺得這天沒白過了。其他男生看在他的分上，也不再欺負我了。」

「那、那個男生……是鄭俊譽嗎？」

韓品儒問，雖然他不認爲會是他以外的人。

「嗯，就是俊譽同學。他長得又高又帥，還是籃球社的王牌，不過這些對我來說都不重要，最重要的是，他是唯一一個會溫柔待我的男生。俊譽同學比任何人都來得善良溫暖，他不只把我當成同學，還把我當成一個女生，世上再也找不到比他更好的人了！」

韓品儒起初以爲吳美美跟其他花痴女一樣，喜歡鄭俊譽純粹是因爲他的外貌，殊不知還有更深層的原因。

「接、接著呢？」

提起鄭俊譽，吳美美說話的節奏慢了許多，臉上浮現做夢似的表情，韓品儒無法不催她一下。

「啊……嗯。我喜歡俊譽同學的事，裴雪姬都看在眼裡，她當然不會放棄這個打擊我的大好機會，俊譽同學無法抵擋她的勾引，兩人終究開始交往了。俊譽同學很體貼，他不想傷大家的心，所以沒有把他和裴雪姬的關係公開，裴雪姬也不想宣告死會，所以同樣沒有把交往的事說出來。知道眞相的人，班上只有我一個。」

韓品儒倒不認爲這是因爲鄭俊譽體貼，他多半是爲了維持自己在女生間的人氣，才刻意隱瞞感情狀態。

「如果裴雪姬是眞心喜歡俊譽同學，那也就算了，但她只是把俊譽同學當成戰利品，而且還在外面劈腿其他男生。別的事情我都可以讓她，唯一無法忍受的，就是她玩弄俊譽同學的感情。我……我對裴雪姬的恨意達到了臨界點，不過眞正促使我下手的，是在這個遊戲開始之後發生的事。

在我們分頭尋找塔羅牌時，裴雪姬特地跑來向我炫耀她得到了『戀人』。她說她會用『戀人』把俊譽同學變成她的奴隸，利用他來收集塔羅牌，收集完之後，她就會命令俊譽同學自殺。原來她已經厭倦了俊譽同學，想跟他分手，俊譽同學卻心生不平，威脅要把她的私密照片放到網路上，因此她想藉著這個機會把他除掉。」

吳美美兩眼射出怨恨的目光，如果裴雪姬就在她面前，大概會被生生燒出兩個洞來。

「她當時說的一字一句，我都記得很清楚。她說『既然妳這麼喜歡鄭俊譽，那妳就爲他殉情吧。嘻嘻，好浪漫喔，是不是？妳長得這麼醜，活著也只會感到痛苦，那不如乾脆死掉好解脫吧？』」

吳美美學著裴雪姬嬌嗲的聲音，將語氣模仿得維肖維妙，聽得人毛骨悚然。

「事情關乎俊譽同學的性命，我再也無法睜一隻眼閉一隻眼了。如果我什麼都不做的話，事情很可能真的會演變成她口中那樣。於是我跟蹤她，趁她沒有防備時用鐵鎚把她敲暈，再把她拖進美術教室裡，將她身上的塔羅牌統統拿走。

可是這樣還不足以讓我消氣，一直以來她之所以能夠爲所欲爲，全是因爲那張臉，如果那張臉消失了，她就失去了最大的武器。我是化學課的小老師，老師一向把化學教室的鑰匙交給我保管，因此我可以輕易打開存放危險化學藥劑的玻璃櫃，從裡面拿走一瓶硫酸溶液。」

跟吳美美相比，韓品儒和宋櫻取得溶液的方法粗暴得多了——宋櫻是直接把櫃子的玻璃砸碎的。

「我用硫酸毀掉了裴雪姬的臉後，便把她鎖在美術用具預備室裡。俊譽同學持有一張叫『世界』的牌，可以用手機查看所有人的位置，我不時會借他的手機來用，檢查有沒有人接近美術教室。當我注意到韓品儒和池東皓在那邊徘徊時，就連忙趕了過去……後面發生的事你們都知道了。」

吳美美深深嘆了口氣。

「以上就是我把裴雪姬毀容的原因和經過。這樣的解釋，你們可滿意？」

「還可以。」宋櫻淡淡地答，「那麼，妳得到『戀人』之後，就立刻用在鄭俊譽身上嗎？」

「妳怎麼知道我——」說到一半，吳美美急忙住口，可惜來不及了。

「其實我原本還不能完全確定，鄭俊譽是否眞的被妳用『戀人』奴隸化了，但看妳剛才的反應，我似乎沒弄錯。」

宋櫻依舊是一副冷淡的表情，眼裡卻隱隱帶了點笑意。

「沒錯，我是在俊譽同學身上使用了『戀人』。」吳美美乾脆地認了，「不過你們別想用我來要脅他，我不會讓你們得逞的！」

「那可由不得妳。妳現在就給我傳訊息給鄭俊譽，叫他把所有手機和塔羅牌都還來。」

「我爲什麼要聽妳指揮？」吳美美的態度十分強硬。

「好問題。小韓，把那個拿來。」

韓品儒乖乖地遞來一支手機和一張塔羅牌給宋櫻。

見到塔羅牌的圖案和手機的型號，吳美美大驚失色，驚恐地看著韓品儒。

「這些東西爲什麼會在你手上？我明明把它們藏在我的——」

「不、不是我做的！」韓品儒急忙否認。

「是我趁妳暈倒的時候，從妳身上搜出來的，居然藏在胸罩背後的帶子裡，眞不能說妳不謹愼。不過別說是胸罩了，就算是藏在內褲或更私密的地方也是會被發現的。」

宋櫻大剌剌地說，彷彿忘了還有韓品儒這個男生在場。

「我來看看……嗯，是這個了。」

宋櫻檢查吳美美的手機，在遊戲程式的收集冊找到了「戀人」的能力描述。

「『戀人』的能力是透過接吻使另一名玩家唯命是從，該玩家會對持有者產生強烈的愛戀感覺……眞不錯，鄭俊譽一定愛妳愛得要命，用妳來威脅他的話，他想必什麼都會答應吧。」

吳美美以極度痛恨的眼神瞪著宋櫻，而宋櫻完全不在意。

「怎樣？妳是希望我奪走這張牌的持有權呢，還是直接把它毀掉？溫柔的俊譽同學又高又帥，又是籃球社王牌，如果妳失去了這張牌，妳認爲他還會愛妳嗎？當他清醒後，說不定甚至會恨死妳呢。」

宋櫻這番話句句戳中吳美美的痛處，她露出掙扎的表情，過了一會卻又獰笑起來。

「妳不會這樣做的，妳只是在恐嚇。妳想透過我來控制俊譽同學，但要是妳奪走了『戀人』的持有權，或是把卡牌毀掉了，那妳要怎樣控制他？」

「哼，既然我已奪走了持有權，我不就可以直接用『戀人』把鄭俊譽奴隸化嗎？親個嘴而已，誰不會？」

「事情沒妳想像中簡單，現在的妳是無法把俊譽同學奴隸化的。別說俊譽同學不可能讓妳靠近他，他還持有一張叫『惡魔』的塔羅牌，能力是抵禦一切卡牌攻擊，當然也包括了『戀人』。我之所以能夠成功把他奴隸化，是因爲我是在他持有『惡魔』前下手的。」

宋櫻稍稍皺了下眉頭，看來吳美美沒有她想像中好唬弄。

「總之，妳的『戀人』在我手上，要是妳聽我的話，我會把這張牌還給妳，否則我會把這張牌毀掉。」宋櫻冷冷地說，「說到底，失去了這張卡牌，我的損失也不會有多大，我依然可以再想其他方法來打倒鄭俊譽，但妳的損失……就難說了。」

宋櫻把玩著那張「戀人」，像變魔術一般在指間翻來覆去。

「怎樣？妳是希望我保留這張牌，還是把它摧毀呢？我給妳十秒的時間考慮。十秒內無法回答的話，我就當妳選擇了後者，我會立刻把這張『戀人』毀掉，妳也從此失去了鄭俊譽的愛——永永遠遠。」

宋櫻特意在最後幾個字加重語調。

吳美美露出痛苦萬分的表情，她不願自己淪爲被宋櫻用來威脅鄭俊譽的工具，卻更不想失去鄭俊譽的愛。

「五、四、三……」

當宋櫻的倒數接近尾聲時，吳美美終於喊停，眼泛淚光。

「不……不要毀掉我的『戀人』……失去俊譽同學……我會死的。」

「這樣才對嘛。」宋櫻冷笑。

此時鈴聲突然響起，是吳美美的手機。

「終於回覆了嗎？」宋櫻看向手機螢幕，冷哼一聲，「『我答應你們的條件，但你們絕對不能傷害美美』，鄭俊譽還眞是愛妳啊。」

吳美美一臉狀況外的樣子，宋櫻卻無意向她解釋，「多虧了妳，我在等待鄭俊譽回覆的這段時間一點也不覺得無聊。」

「那、那我們現在就出發，前往中庭與鄭俊譽交換人質吧！」韓品儒趕緊說。

✡

「條件一：獨自一人於晚上十點整前往主校舍中庭，不能帶任何同伴。
條件二：帶上所有沒收的手機（不准關閉電源）和塔羅牌，放在一個透明袋子裡。
條件三：交涉途中不得使用塔羅牌的能力。
條件四：不得關閉自己的手機，須保持可隨時聯絡的狀態。
條件五：必須於晚上九點四十五分之前回覆此訊息說明同意與否，除此之外不得發送多餘訊息。
條件六：以上條件只要有任何一項沒有確實執行，交涉即破裂。
若同意上述條件，我方將釋放吳美美。」

一個多小時前，韓品儒和宋櫻捕獲吳美美後，便使用「隱者」消除了三人的行蹤，並找了間偏僻的儲物室躲起來。

他們知道鄭俊譽被吳美美以「戀人」控制著，爲了換回吳美美肯定會不惜一切，於是制定了一個以人質交換手機和塔羅牌的計畫，並用吳美美的手機傳送了交涉的訊息給鄭俊譽。

吳美美醒來後，韓品儒就和宋櫻一邊等候鄭俊譽的答覆，一邊對她進行盤問以獲取更多資訊。

然後在九點四十分，他們收到了鄭俊譽願意進行交涉的回訊。

現在是晚上九點四十五分，韓品儒和宋櫻正押著被綁成標準人質模樣的吳美美，前往主校舍中庭。

「如果妳敢亂動或弄出聲音，我會馬上把『戀人』毀掉。相反的，要是妳乖乖聽我的指示，當交涉完畢，我會把『戀人』還給妳，妳就可以和心愛的俊譽同學繼續甜蜜下去。」——出發之前，宋櫻在吳美美耳邊說了這番威逼利誘的話。

中庭位於主校舍中央的空地，也就是「回」字的正中心，一個類似天井的地方。不過韓品儒和宋櫻不打算立刻就去，而是先在稍遠一點的地點觀察情況。

三人維持著隱身狀態，在接近十點的時候，來到了第一校舍一樓的走廊。從這裡可清楚望見中庭的情況，如果有人說話，他們也可以一字不漏地聽見。

晚上十點整，鄭俊譽獨自來到了中庭。中庭相當空曠，除了一座位於正中央的天使雕像以外空無一物，而鄭俊譽正是站在雕像旁邊。

藉著安裝在天使雕像底座的小燈，可以看到鄭俊譽手上拿著一個半透明袋子，裡面裝的似乎全是手機。他神情焦慮，緊張地四下張望，好像在尋找吳美美的身影。

宋櫻向韓品儒使了記眼色，韓品儒點點頭，拿出吳美美的手機。

為避免節外生枝，他自己和宋櫻的手機處於關閉的狀態，所有訊息來往皆倚賴吳美美的手機進行。

他用那支手機發送了一則訊息，收訊人總共有十個，也就是被鄭俊譽奪走手機的那些人，發訊的目的是為了確認鄭俊譽確實帶來了所有手機。

然而鄭俊譽手裡的袋子並未傳出鈴聲。

韓品儒頗感納悶，於是再發送了一遍，結果卻相同。

為什麼那些手機沒有響起呢？

韓品儒首先想到的是電源被關掉了，或是切換成了靜音模式，可是塔羅遊戲程式所發送的訊息通知無法改成靜音或調整音量，而且他們在給鄭俊譽的訊息中，已清楚言明不得關閉電源，否則交涉即破裂。還是說，袋子裡裝的根本不是手機？仔細一瞧，那似乎只是……

想到這裡，韓品儒腦內突然警鈴大作，後頸的寒毛一根根豎了起來。

大概是等得有點不耐煩，鄭俊譽拿出自己的手機按了幾下。

下一秒，韓品儒手裡的手機發出刺耳的鈴聲，有如一聲尖叫，劃破了寂靜的空氣。

「你們在哪裡？」

韓品儒低頭去看螢幕，上面出現了這五個字，寄件人是鄭俊譽。

他迅速關掉手機電源，無奈為時已晚，鄭俊譽已經轉頭望了過來。他的眼睛微微瞇起，嘴角揚起象徵勝利的殘酷笑意，宛如正說著——

找、到、你、們、了。

韓品儒感到自己的心臟在剎那間停止了跳動。

交涉正式破裂。

「第一校舍一樓！」

鄭俊譽一聲令下，潛伏在校舍各處的手下馬上行動。他們手執武器，以短跑選手衝刺般的速度衝向第一校舍一樓。

✡

「吳美美在那邊！」

一名女生發現倒在一樓走廊上的吳美美，高聲叫道。

「不要理她，我們要抓的是韓品儒和宋櫻！他們在哪裡？跑掉了？快點去追！」

「不，他們肯定還在這條走廊上！俊譽同學說他們會隱身，千萬別讓他們溜了！」

一名綁著雙馬尾的女生厲聲喝道，她是鄭俊譽親衛隊的核心成員，聽了她的話，其餘人隨即止住追趕的腳步。

「我們分成三人一組，兩組緊守走廊的兩個出口，一組進教室裡搜索！他們很可能帶著武器，下手時不要猶豫，把他們殺了也不打緊！」

「抓到他們了嗎？」

眾人被這道冷冰冰的聲音嚇了一跳，只見鄭俊譽也來了。

「還……還沒。」雙馬尾女生緊張地回答，「我們正在努力……」

眾人如坐針氈，加快動作把整條走廊裡裡外外徹底搜了一遍，卻未能發現韓品儒和宋櫻的蹤影。見鄭俊譽的臉色變得越來越黑，他們也越來越害怕。

鄭俊譽拿出手機用「世界」查找韓品儒和宋櫻的位置，卻一無所獲。他深信他們仍然在這條走廊上，因爲他一聽到手機鈴聲便立刻叫人過來包抄，對方不可能逃得這麼快。

走廊上有個高聳的巨大櫃子，他走近檢視，只見這個櫃子的材質是鋼板，雖然僅是簡單地由櫃體和兩扇門板組成，卻顯得相當堅固。

「俊譽同學！你原諒我吧！求求你！」

正當鄭俊譽要把櫃門拉開時，一名容貌醜陋的女孩匍匐著來到他腳邊，拉著他的褲子哭得傷心無比。

「俊譽同學！對不起！你就原諒美美吧！」

那是吳美美，她原本被宋櫻五花大綁，但方才有個女生好心替她鬆了綁，並且拿掉了塞嘴的東西。

「滾開！」鄭俊譽一臉厭惡地喝斥。

「俊譽同學，對不起……我不是存心用『戀人』控制你的……我……我只是希望你喜歡我……像喜歡裴雪姬一樣喜歡我……」

「給我滾開！醜女！」鄭俊譽用力甩腳，一下子把她甩到了牆角，「我居然會被妳這醜女擺了一道，想起我對妳說過的話、做過的事，我就噁心得想吐！」

聽到鄭俊譽左一句「醜女」、右一句「醜女」，吳美美如遭雷擊。

「你……你說我是……醜女……」

「妳就是醜女啊！」鄭俊譽不耐煩地吼，「醜得像隻半獸人，還一個勁地貼過來，真是受不了！平時我要維持形象，不好意思拒絕妳，但妳也該撒泡尿照照自己的樣子啊！」

他說的每一句話，都宛如一根削得尖銳的木樁，重重地打進吳美美的心臟，令她萬劫不復。她一直以來的信仰和生存意義，被這些毫不留情的話語徹底粉碎了。

可是吳美美仍不肯死心，再次爬到了鄭後譽腳邊。

「不……俊譽同學，你是不會叫我醜女的……你不是一向都叫我美美的嗎？你再叫我一次美美吧，好不好……」

鄭俊譽這次連叫她滾都懶了，一腳就把她踹得老遠，然而吳美美像一隻打不死的蟑螂，即使滿身都是傷痕，卻依然鍥而不捨地爬回來。

「俊譽同學……拜託再叫我一次美美吧……我不能沒有你……沒有你……我活不下去……」

「那妳就去死吧。」鄭俊譽冷冷地說，「我命令妳，立、刻、給、我、去、死。」

吳美美聞言呆滯了一秒，接著驀地衝到雙馬尾女孩面前，搶過對方手上的園藝鐮刀，用力往自己的脖子抹去。

她這一抹幾乎把自己的脖子整個割斷，鮮血從破裂的大動脈狂噴而出，惹來眾人的驚叫。

憑著最後的一點執念，吳美美跌跌撞撞地走向鄭俊譽，結果走沒幾步便倒臥在地。她拚命掙扎和轉動眼珠，似乎是想看鄭俊譽最後一眼。

因為「戀人」而做了一場美夢的少女，最終也死在曾經的戀人手上。

【NO.7 吳美美：確認死亡。餘下人數：17人。】

殘忍地命令吳美美自我了斷後，鄭俊譽臉上隱約掠過一絲懊悔之色，不過很快又把心思放回尋找韓品儒和宋櫻上。

他依舊認為那個鋼櫃相當可疑，於是詢問其他人：「這裡面你們檢查了沒有？」

「沒……沒有，這個櫃子上鎖了，我們打不開。」一名男生戰戰兢兢地答，「不可能有人躲在裡面吧？」

「是嗎？」鄭俊譽拉了一下櫃門的握把，「好像是呢。」

正當眾人以為他會就此放棄時，下一秒，鄭俊譽突然使用「力量」，一發狠把其中一扇櫃門硬是掀了下來。

啪沙！

櫃門被掀飛的瞬間，一名長髮女孩現身，用乾粉滅火器噴向眾人，殺了他們一個措手不及。

「咳……咳咳……咳咳……是宋櫻……還有韓……咳……韓品儒……」

走廊中煙霧彌漫，能見度急速下降，眾人被滅火器的粉末嗆到，紛紛咳嗽起來，還有好幾個人因為粉末進入了眼睛，不禁痛苦地揉眼。

「可——惡！」

鄭俊譽憤怒的咆哮響徹走廊。

✡

「呼……呼……」

此刻韓品儒正在第三校舍沒命地逃竄，後面是一群窮追不捨的嘍囉。

無論他跑到哪裡，他們都會迅速追上，怎樣也甩不掉，就像俗話所說的「金魚之糞」一樣。

他一邊跑，一邊回想方才在第一校舍一樓發生的事，簡直只能用混亂來形容。

他們被鄭俊譽發現位置後，宋櫻立刻切斷了她和吳美美之間連接的繩子，再拉著他逃跑。可是鄭俊譽的手下轉眼便趕來包圍，逃走已經來不及了，於是他們改爲躲進走廊上的大櫃子裡。在進去之前，宋櫻還順手抄了一罐放在牆角的滅火器。

櫃門的門鎖結構很簡單，只要稍微從裡面動點手腳，便能營造出櫃門被鎖上的假象。

接下來，走廊上發生的事他和宋櫻都在櫃裡聽得一清二楚，雖然看不到畫面，但聽吳美美的聲音倏地消失，他們都明白她肯定凶多吉少。

他們原本打算一直利用「隱者」躲在鋼櫃裡面，可是鄭俊譽疑心病極重，終究強行破壞了櫃門。

在那個瞬間，宋櫻迅速拿起滅火器往外噴，兩人趁著濃霧四起分頭逃走。

韓品儒逃跑之餘，仍擔心著宋櫻的狀況，不過他隨即想到宋櫻可以使用「隱者」，而且鄭俊譽的手下都被他引來了，她的處境其實比他好得多，根本不用擔心。

當他來到六樓的走廊時，忽然靈機一動，躲進了某個地方。

「咦？他到哪裡去了？他明明往這邊跑了……」

一行人風風火火地追了過來，卻發現走廊上空蕩蕩的，半個人影也沒有。

「應該是你看錯了吧？我好像看到他往另一邊跑了。」

「不可能！我明明看見他來了這邊！」

嘍囉們內鬨起來，吵了一會仍然無法達成共識，於是兵分二路去找了。

等他們的腳步聲逐漸遠去，韓品儒這才悄悄地從藏身的地點——機房走出。

他左右張望了一下，之後躡手躡腳地踏入一間教室。

雖然暫時甩掉了追兵，但韓品儒明白要徹底擺脫對方的話，還是必須借助宋櫻的「隱者」躲藏起來。

正要傳訊息給宋櫻時，外面的走廊冷不防傳來不祥的跫音。

韓品儒一凜，連忙屏息細聽。

腳步聲只有一個人，應該不是嘍囉們，那麼會是宋櫻嗎？不，宋櫻的腳步聲沒這麼重，大概是個男生，而且是……身材高大挺拔的男生。

下一刻，教室的門「咿呀」一聲打開，進來的人正是鄭俊譽。

一塵不染的黑板、整齊擺放著的桌椅、放置著各種書籍和教具的櫃子、被晚風吹開了的窗簾……他逐一掃視教室裡的每個角落，卻找不到他要找的人。

怦怦、怦怦、怦怦……

韓品儒覺得自己的心臟如果再這樣劇烈地跳動下去，他一定會死於心臟衰竭。此刻的他正驚險萬分地吊掛在教室窗外，雙手緊緊抓著窗框，雙腳則懸空著。向下望去，這裡距離地面足足有六層樓高，下方是沒有任何緩衝物的水泥地。肉醬、肉泥、肉渣……跌下去的後果可說是不堪設想。

鄭俊譽的腳步聲往窗口逐漸逼近，韓品儒心知要是繼續待在這裡肯定會被發現，必須趕緊移動。

移動的路線共有四條。

第一條路線是往上，可以到達頂樓。但這不是一個很好的選擇，因爲頂樓只有一個出入口，他很可能會落入困獸鬥的局面。

第二條路線是往下，可以抵達下層的教室。這是一個十分誘人的選項，可是下方教室的窗戶似乎都緊閉著，而且他的力氣不足以支撐他到達地面，多半會在中途跌死。

第三條路線是往左，可以前往隔壁的女洗手間。先不管道德方面的問題，洗手間的對外通道只有一扇窄小的百葉窗，除非他能夠快速把它拆下來並且施展軟骨功，否則根本無法進入。

第四條路線是往右，可以通往隔壁的教室，但是——

不能再但是了，已經沒有讓他猶豫的時間了！

韓品儒深吸口氣，決定選擇最後一條路，向隔壁的教室前進。

他努力把自己變成肉醬的畫面從腦海中排除，踩著水管、攀著牆壁，小心翼翼地往右邊移動。

雖然僅是幾步之遙，他卻花了好一番工夫才成功來到隔壁教室的窗口下方。

咦？那是……

韓品儒注意到窗框上貼了某樣東西，於是踮起腳尖撕下來——

「嗚哇！」

這瞬間，他突然立足不穩，從踩著的水管滑了下去。

千鈞一髮之際，他用左手勉強抓住了窗沿，整個人的重量都懸在一條手臂上，只覺得幾乎要斷裂了。

他看向剛剛撕下來的東西，原來也是一張塔羅牌。

牌面的圖案是一個橙色的圓形輪盤，輪盤四周有手中持劍的人面獅身像以及狼和蛇，角落也有四種不同的生物。

匆匆瞧了卡牌的名稱一眼，韓品儒便把卡牌放進外套的暗袋裡，裡頭亦有他的手機，卡牌在和手機觸碰的那刹，便自動登錄至遊戲程式的收集冊，持有權被確認。

「你還眞是喜歡玩躲貓貓啊。」

戲謔的聲音冷不防在頭頂響起，韓品儒嚇得心臟差點從喉嚨跳出來。

一抬頭，鄭俊譽那張帥氣卻扭曲的臉龐映入眼簾。

「以爲爬到外面就可以成功逃走嗎？愚蠢也該有個限度吧？」他冷笑著說，「持有『世界』的我，無論你跑到哪裡都會把你找出來！」

韓品儒的手臂痛得似要炸裂，此刻的他只要稍一鬆懈，便會跌個粉身碎骨。但是如果不把某個問題搞清楚，他死也不會瞑目。

「你、你爲什麼放棄了交涉……你、你明明被吳美美用『戀人』控制了……」

「閉嘴，不准再提那個醜女！」鄭俊譽露出一副被狠狠羞辱的表情，「在我得到『節制』的時候，『戀人』的控制就解除了！」

韓品儒想起先前被吳美美追殺時，他遇到了兩名男生，他們在對話間透露找到了一張叫「Temperance」的牌，翻譯成中文正是「節制」。

「吳、吳美美……一直都很喜歡你……你、你這樣對她……實在太殘忍了……」

「她自己要貼上來，關我什麼事？你和宋櫻居然敢用那個醜女威脅我，真是活得不耐煩了。雖然你們用塔羅牌的能力躲了起來，就連『世界』也找不到，不過我還是可以想辦法讓你們暴露行蹤，訊息鈴聲就是你們的致命傷。」

原來我們從一開始就落入了圈套……

韓品儒終於得知了真相，然而已經太遲了。

「我眞後悔在體育館時爲什麼不直接殺掉你，但這次我不會再犯相同的錯誤了。你放心，你不會寂寞的。殺了你之後，我會把李宥翔也殺了，黃泉路上有好友作伴，我設想得很周到吧？」

「等、等一下！」韓品儒刹那間如墜冰窟，「你破壞了宥翔的手機，他注定會輸掉遊戲，這、這已經夠了吧？」

「你們那些偷天換日的小把戲早就被我看穿了！你和宋櫻不是要我用沒收的手機去換那個醜女嗎？我在檢查手機的時候就發現了眞相。」鄭俊譽恨恨地說，「我本想馬上把李宥翔殺了，不過對付你們比較重要，於是暫且讓他多活一會。」

韓品儒不甘心就這樣放過鄭俊譽，可是即使他想將鄭俊譽拉下來一起摔死，也沒有多餘的力氣。

「好了，我不想再跟你說廢話了，你現在就給我去死吧。」鄭俊譽露出猙獰的笑意，「我命令你立刻——」

「給我去死！」「使、使用『命運之輪』！」

兩人同時高喊。

在最後的那一刹，韓品儒想起了方才得到的塔羅牌。因爲沒空掏出手機查看遊戲程式的收集冊，所以他不曉得這張卡牌的能力是什麼，用了也未必能扭轉局勢，但他還是想試著賭上一把，作最後的掙扎。

那張塔羅牌的名稱是「Wheel of Fortune」，這是在告訴他一切都是命中注定，又或者是他的命運會因此而輪轉？

可惜，他似乎沒有賭對，因爲他的手已遵照「皇帝」的命令脫離了窗框，整個人往地面高速墜落。

他看到鄭俊譽從窗口探頭俯視著自己，臉上露出殘忍而滿足的微笑。

憤怒、不甘、苦惱、悲傷、痛苦、怨恨——可又有什麼辦法呢？

這就是「命運」。

對不起……宥翔……郁謙……沒能去……救你們……

砰！

【NO.10 韓品儒：確認死亡。餘下人數：16人。】

006 審判

「嗚嗚嗚嗚……」

「他……沒救了。妳看他全身都變形了，還流了這麼多血，已經死透了，而且剛才塔羅遊戲程式也傳來了確認死亡的訊息。」

「嗚嗚……品、品儒同學……奈奈不要……嗚嗚……」

「妳再怎樣哭他都不會醒來了，妳之前用『太陽』救過他一次，同一個人是不能用第二次的。」

對，我已經死了，妳怎樣哭我也不會……咦？

韓品儒驀地睜開眼睛，掙扎著從地上坐起來，把歐陽奈奈和武唯伊嚇了一大跳。

「品儒同學！」

歐陽奈奈像隻興奮過度的博美犬般一下子撲向他，害他整個人倒回地上。

「等、等等……妳、妳先讓我起來吧……」

好不容易推開歐陽奈奈，韓品儒終於能夠環顧身處的地方。

這裡是第三校舍後方的水泥地，抬頭望去，正上方的六樓有扇大大敞開著的窗戶。

他方才正是從那裡摔了下來，死了。

死了？

韓品儒打量自己全身，只見制服上沾滿了鮮血，地面也血流成河。毫無疑問，那全是從他身上流出來的。

別說從六樓摔下，光是如此龐大的出血量，便足以致人於死。

但韓品儒仍是復活了，奇蹟似的復活了，而且身上沒有半點傷口，同樣神奇的是，他的口袋裡居然還多了一疊塔羅牌。

「品儒同學，你為什麼會有這麼多塔羅牌？」歐陽奈奈問他。

韓品儒也是一頭霧水，於是趕緊查看手機裡塔羅遊戲的收集冊。

「愚者」、「魔術師」、「皇后」、「皇帝」、「教皇」、「戰車」、「力量」「正義」、「吊人」、「節制」、「惡魔」、「高塔」、「月亮」、「審判」、「世界」——他的收集冊竟登錄了總共十五張塔羅牌。

另外，「命運之輪」和「死神」的欄位雖然也有登錄卡牌，上面卻打了一個大大的紅色叉叉，顯示已使用。

韓品儒隱隱覺得這一切與他在最後關頭使用了「命運之輪」有關，於是點入查看這張牌的能力描述。

【X命運之輪：持有者可與一名玩家交換彼此持有的所有卡牌一次。這張牌使用後便會消失，如對方沒有卡牌，也會消失。】

韓品儒一邊瀏覽每一張塔羅牌的能力描述，一邊在腦海中整理事情的來龍去脈。

鄭俊譽用「皇帝」命令他去死的時候，他也使用了「命運之輪」，兩張卡牌的能力在同一時間發動——不，應該是鄭俊譽稍快了些，因此他才依照「皇帝」的指令，從六樓墜落下去。

不過就在墜落的短短數秒間，「命運之輪」也奪取了鄭俊譽的所有塔羅牌，使他在墜樓死亡的同時，成爲鄭俊譽所有塔羅牌的新任持有者。

那些塔羅牌中有一張叫「死神」的牌，能力是持有者若死亡，這張牌就會自行發動復活持有者，這便是他死而復生的原因。而這張牌跟「命運之輪」一樣，僅能使用一次，用完即消失。

但是韓品儒依舊有不明白的地方——鄭俊譽曾說過他持有的「惡魔」能夠抵禦所有卡牌攻擊，那爲什麼還會被「命運之輪」交換了所有塔羅牌？

想著，韓品儒點開了「惡魔」的能力描述。

【XV惡魔：持有者受到惡魔加持，可抵禦一次其他玩家的卡牌攻擊。每名玩家只限使用一次。】

鄭俊譽之前被陸博文用「正義」攻擊的時候，「惡魔」已爲他抵禦過一次，因此當他再受到「命運之輪」的攻擊便無法招架。鄭俊譽不斷強調自己可以抵禦卡牌攻擊，原來只是在虛張聲勢。

「品儒同學，你怎麼突然不說話了？你有哪裡不舒服嗎？」歐陽奈奈擔心地問。

「呃……不，我、我只是在想一點事情。」韓品儒怔了怔，連忙搖頭。

雖然他把鄭俊譽的所有塔羅牌都搶奪過來了，可是一日未能把大家的手機都拿回來，事情就無法告一段落。

於是，韓品儒趕緊用「世界」查找鄭俊譽的位置，發現他正在往體育館的方向急速移動。

他先是疑惑，隨即想到李宥翔等人還被關在體育用品倉庫裡。

「品儒同學，你要去哪？」

見韓品儒忽地拔腿狂奔，歐陽奈奈在他身後高聲問道。

✡

韓品儒一邊全速衝向體育館，一邊緊盯著手機螢幕。

持有「世界」的人，手機螢幕上會出現整座校園的平面圖，並且標示出所有玩家的所在位置。韓品儒看見鄭俊譽進入了體育館，目標卻並非體育用品倉庫，而是位於二樓的男洗手間。

抵達體育館二樓，韓品儒發現洗手間門口掛上了「施工中，勿進」的牌子，不知是眞的原本有工程正在進行，還是有人刻意把牌子放在這裡。

韓品儒藉由「世界」再次確認鄭俊譽確實在裡頭，接著便推門進入。

洗手間裡相當昏暗，走沒兩步，一把菜刀突然從側面刺來，正中韓品儒的腰間。

韓品儒吃了一驚，但他的皮肉沒有被菜刀刺入，相反的，那把菜刀「啪」一聲斷掉了。

「菜刀居然斷了，難道你持有『戰車』？」

襲擊他的人——鄭俊譽從陰影中現身，咬牙問道。

「遊戲程式明明已經傳來你的死訊，你爲什麼還活著？難道……奪走我所有牌的人就是你？」

韓品儒略過他的問題不答，「你、你來這裡到底想幹麼？」

鄭俊譽冷笑一聲，逕直走進其中一個廁所隔間，壓下沖水按鈕。

「眞麻煩，水管塞住了，果然想一次沖走有點難度。」

韓品儒驚覺沖水的聲音有點不對勁，聽起來像一堆硬物在馬桶中彼此撞擊。

「等、等一下！你在幹什麼？你把什麼扔進馬桶了？」韓品儒驚惶地問，「我、我命令你立刻交出所有沒收得來的手機！」

「好啊，你要就拿去吧。」鄭俊譽冷笑。

韓品儒推開鄭俊譽走進隔間，當見到那些浸在馬桶水裡的手機時，他只覺得眼前一黑。

「你、你瘋了！竟然想把大家的手機都沖走！你、你爲什麼要這樣做？」

「我一直都把所有手機藏在這個廁所的置物櫃裡，原本是想把它們逐一砸壞的，卻來不及這樣做，因為你已經來了。」

鄭俊譽雙眼紅腫充血，布滿了血絲。

「我的塔羅牌都被奪走了，我再也沒辦法翻身，這些手機是我唯一的籌碼。可是光有手機也沒用，失去塔羅牌的那一刻我便失去了一切。既然如此，那倒不如同歸於盡。沒錯，我是瘋了——誰沒被這個遊戲逼瘋呢？」

✡

晚上十一點多，當二年一班所有倖存者再次聚首的時候，人數已大幅減少，連同巫綺蕾在內，由最初的二十五人變成十七人。

餘下來的人在經過遊戲的摧殘後，無論身心皆受到了極大的創傷，整個體育館陷入了一片愁雲慘霧。

班長李宥翔站在體育館臺上，頭部纏了一圈繃帶，骨折的右手用三角巾吊在胸前，臉上的表情已不復原先的成竹在胸，而是蒙上了一層疲憊，不過依舊冷靜沉著。

「裴雪姬的情況還好嗎？」他問。

「她的情況……不太好。」幾個負責照顧裴雪姬的女生答道，「她一直在掙扎，把保健室所有東西都摔壞了，我們不得不把她綁起來。」

「那鄭俊譽呢？」

「阿譽最初還在裡面發瘋，但現在已經安靜下來了。」回答他的人是陳日峰。

韓品儒用「皇帝」把鄭俊譽制服後，便馬上把李宥翔等人從體育用品倉庫救出。接著，李宥翔透過廣播將鄭俊譽被打倒的消息傳揚開來，並召集了分散於各處的同學。大家起初還對此半信半疑，直到他們看到了被五花大綁的鄭俊譽，這才相信自己再也不會被他奴役了。

有些花痴成性的女生見「俊譽同學」被抓了起來，還在哭哭啼啼，那些在鄭俊譽手底下吃過苦的男生則是迫不及待對他拳打腳踢。

男生們滿腔怨氣，紛紛主張要鄭俊譽殺人償命，在陳日峰的拚命斡旋下，才改爲把人暫時關在洗手間裡。

「接下來是各位同學的手機。鄭俊譽將所有沒收的手機都沖進馬桶了，雖然大部分的手機都有防水功能，但仍有兩支不防水的手機進了水。佟人杰，你有信心把它們修好嗎？」

佟人杰是班上對電子產品最熟悉的人，曾經在手機維修店打工。

「嗯，這不難修理，等等就可以再次使用了。」

「最後是塔羅牌。」李宥翔接著說，「這個遊戲的塔羅牌總共有二十二張，多虧大家的努力，我們總算把它們集齊了，但由於『命運之輪』和『死神』已經被用掉，所以只剩下二十張。不過班上現在只有十七名同學，因此每個人肯定都可以分配到塔羅牌。

在這些卡牌當中，比較特別的有兩張，一張是『太陽』，另一張是『審判』。『太陽』可治療重傷，目前只剩下一個名額，『審判』則是可使人復活，也只有一個名額。這兩張牌用完就會消失，幸好我們的卡牌數量很足夠，所以可以放心使用。大家都贊成把『太陽』用在裴雪姬身上，是不是？」

李宥翔雖然同樣身受重傷，可是身為班長的他，決定把治療的名額讓給同學。

「把白雪公主治好吧，她那樣太可憐了！」

「沒錯，這麼可愛的女生被毀容實在太可惜了！」

見不少男生積極地為裴雪姬說話，韓品儒不由得感到唏噓。如果被毀容的是吳美美，他們也會這麼說嗎？

「那我們就在裴雪姬身上使用『太陽』吧。歐陽奈奈，可以請妳去保健室把裴雪姬治好嗎？」

歐陽奈奈依言跟武唯伊一起去了保健室。過了一會，她們帶著恢復耀眼美貌的裴雪姬返回體育館，男生們紛紛歡呼起來。

「接下來是『審判』的使用對象。」李宥翔說，「由於龐哲元、劉威和巫綺蕾的手機都被鄭俊譽破壞了，雖然相當遺憾，但我們只能把他們排除在復活對象之外。」

李宥翔指了指地上的白紙、筆和紙箱。

「公平起見，我們來進行不記名投票吧。請大家在紙上寫下最希望復活的人的名字，然後對摺兩次，再放進這個紙箱裡。」

說到最想復活的人，韓品儒的腦海裡馬上浮現巫綺蕾的身影，然而正如李宥翔所說，她的手機早已被鄭俊譽破壞，即使復活也無法勝出遊戲，只能多活幾小時，還是把機會讓給其他人比較好——

韓品儒突然覺得這種想法有點荒謬。

這情況就像是有兩個急需換肝的人，一個是老人，一個是小孩，老人即使換了肝，也只剩下不多的壽命，那不如放棄他，把機會讓給小孩——可難道老人就沒有活下去的權利嗎？但若是他選擇復活巫綺蕾，這對其他人來說也並不公平，憑什麼巫綺蕾的性命就比他們重要？

「時間到，請各位同學把紙摺好，放進這個紙箱裡。」

糟了！光是猶豫，我還沒寫上名字……

韓品儒心中一驚，可是紙箱已經傳到面前，他只好匆匆對摺白紙投進去。

所有人都投完票後，李宥翔開始計票。第一輪投票結果，副班長、陸博文和池東皓各得四票，吳美美得一票。換句話說，投票的人只有十三個，除去鄭俊譽被監禁無法投票，有三人投了廢票。

韓品儒對這個結果有點驚訝，他本以爲那些參與殺害梁智凡的人，肯定會把票投給他贖罪。

「你沒投梁智凡？」「當然，那傢伙有夠陰險的，要是復活了肯定會找我們算帳啊。」

「我也這麼覺得。」

聽到那些人的竊竊私語，韓品儒的心頓時涼了半截。居然是因爲這種原因不投給梁智凡？

「我明白這不是個容易的決定，不過我們終究要選擇一名同學復活，請大家不要投廢票。」李宥翔呼籲，「那第二輪投票就以剛剛得票最多的三名同學爲候選人，請大家再次進行投票。」

韓品儒在腦海裡比較著副班長、陸博文和池東皓。

這三個人之中，他對副班長最不熟悉，只知道她拚命念書是爲了罹患癌症末期的父親，看到獨生女兒升上大學是他最後的心願。

陸博文是位高材生，他的志願是成爲無國界醫生，拯救第三世界的病童。

池東皓則是二年一班的活寶，很擅長炒熱氣氛，班上幾乎沒有不喜歡他的人。雖然他爲了活命而殺死同學，不過當時是情勢所逼，他本性並不壞。

可是這樣的比較有意義嗎？因爲身世可憐，就應該活下去？因爲志願宏大，就不該死？因爲品性純良，就比其他人更有生存的權利？

人命是可以放在天秤上「審判」的嗎？

如果只能復活一個人，你會選擇誰？

這是韓品儒十七年來遇過最困難的選擇題，即使是期末考的題目也不曾使他如此苦惱。

這道題目沒有正確答案，沒有老師評分，偏偏讓人難以作答。

他實在很想知道那些寫下答案的人，到底是怎樣作出決定的，他捏著筆桿苦苦思索，卻一個字都寫不出來。

「陸博文一票……空白票……空白票……池東皓一票……空白票……空白票……空白

票……」

這次的廢票比前一次還多，共有八張，投票人數進一步下降至八人。

池東皓和陸博文各得三票，順利「晉級」至下一回合，只得兩票的副班長被「淘汰」。

李宥翔的目光從眾人臉上一一掠過，不少人都露出了心虛的表情，包括韓品儒。

「各位同學，這是最後一輪了，請認眞地進行選擇。要復活哪一位同學，沒有正確答案，大家用自己主觀的意見去選也可以。總之，請不要逃避責任。」

我……是在逃避責任？

韓品儒不禁自問。

隨著候選人越來越少，每個人投票的分量也變得越來越重要，隨時會因自己投了某個人一票，而使另一個人生存的機會被抹殺。

大部分的人都想站在道德的制高點，不願意當壞人，因此把決定權推到別人身上。

這樣一來，無論誰被捨棄，責任都不在自己，更不會有罪惡感。

逃避顯然是最懦弱、最自私的行爲。

韓品儒已經逃避了兩次，他不想再來第三次了。

在時間結束前，他在白紙上寫下了一個名字。

✡

現在是凌晨十二點多，二年一班眾人整天都沒半點東西下肚，早就餓得前胸貼後背，於是大家轉移陣地前往學生餐廳。

學生餐廳位於西校舍一樓，除了供應營養午餐，也販售各種零食小吃。

眾人破壞了餐廳倉庫的門，把所有食物搬出來。

「終於得救了！我快要餓死了！」

「居然可以盡情地吃零食，還不用付錢，感覺像在做夢！」

大家都正值食慾旺盛的年紀，一看到食物便狼吞虎嚥起來。

「品儒，要吃洋芋片嗎？有你最喜歡的蜂蜜口味喔！」溫郁謙抱著一大堆零食，笑嘻嘻地對韓品儒說，「那些傢伙都是吃貨，一副餓死鬼投胎的樣子，再不吃就要被他們吃光了！」

韓品儒不禁苦笑，說到班上最厲害的吃貨，溫郁謙認了第二絕對不會有人認第一。

「沒關係，你吃吧，我……不怎麼餓。」

「怎可能不餓！」溫郁謙硬把兩大包洋芋片塞進他手裡，「對了，光吃洋芋片口會渴，我幫你拿點飲料吧。我記得你喜歡檸檬水吧？」

「不用——」話未說完，溫郁謙已經去拿飲料了。

韓品儒低頭注視著手裡的蜂蜜洋芋片，明明是他最喜歡的零食，他卻一點胃口也沒有。

歐陽奈奈在遠處含情脈脈地望著他，顯得很想過來跟他說話的樣子，可是韓品儒目前沒有閒聊的心情，於是假裝要去洗手間，離開了餐廳。

他在校舍外面隨意找了張長椅，正要坐下來的時候，某處突然傳來一聲熟悉的冷笑。是宋櫻。

她半倚在不遠處的一棵楓樹旁，身影被樹蔭擋去了大半，因此韓品儒沒發現她。

「我、我不曉得這裡是妳的地盤，我現在就立刻退下！」韓品儒慌慌張張地表示。

「坐下吧。」宋櫻淡淡地說。

既然對方不介意，韓品儒也懶得再找位子，於是就這麼在長椅坐下，呆呆凝視著天上的繁星出神。

過了一會，宋櫻開口打斷了他的發呆。

「我還以為像你這種草食動物是怎樣也無法作出決定的。」宋櫻說。

「欸？」

「剛才投票的時候，你頭兩次都沒寫下名字，臉上一副交白卷的心虛表情，第三次你是寫了名字，卻像殺了人般滿臉內疚，你的表情還真好懂啊。」

「原、原來被妳發現了。」韓品儒垂下頭，「沒、沒錯……我是殺了人，我殺了八個人。他們本來已經死了，但剛才又被我殺了一次。」

「你還滿會庸人自擾的。你不應該覺得自己殺了八個人，而是覺得自己救了一個人。你在最後選擇了復活誰？陸博文嗎？」

陸博文正是最終被「審判」復活的人，最後一次投票的結果是陸博文得三票，池東皓得兩票，其餘十二人全部投了廢票。

「嗯……」

「為什麼是陸博文？」

「因、因爲三個人裡我跟他最熟，以前在同一間補習班上過課，而且他之前好不容易才活下來，馬上又被殺死實在太可憐了……以、以這種理由來投票，很過分對吧？」

韓品儒難掩語氣中的苦澀。

「那、那妳呢？妳選了誰？」

「池東皓。」

「爲、爲什麼？」

「不爲什麼，我是用擲硬幣來決定的。反正沒有誰比誰更應該活著，因此選哪個人都一樣，只要不逃避就好。」宋櫻淡然表示，「你不但沒逃避，也沒閉著眼睛亂選一通，這是認眞對待生命的表現，光憑這件事，我就對你有點改觀了。」

「我、我沒有妳說的那麼厲害……不過妳的想法倒是跟宥翔很接近。」

宋櫻又冷笑一聲，那是眞正帶著不屑意味的笑。

跟她相處得越久，韓品儒越能分辨她的表情，同樣的冷笑，也帶有不同的意思。

他想起今天早上李宥翔對全班同學說話的時候，宋櫻也這麼冷笑過，卻不明白她笑的原因是什麼。

「我可不希望被這麼說，他那種人偶一樣的傢伙我不敢領教。」宋櫻冷冷說。

「人、人偶？嗯，宥翔的五官……該說很精緻嗎？不說話的時候確實挺像人偶的。」

「我不是指這方面。你有聽過『恐怖谷』嗎？」

「柯、柯南．道爾的小說嗎？」

「我說的不是小說，而是理論。」

宋櫻接著解釋。

「當你看到跟人類模樣很相像的洋娃娃時，會不會莫名地覺得害怕和反感？這就是掉進所謂的恐怖谷了。李宥翔給我的感覺，正是個製作得非常精美、找不出絲毫瑕疵的人偶，但正因爲完美過頭，反而不像人類。」

「我、我不覺得宥翔不像人類，這應該是因爲妳跟他認識不深，才會有這樣的誤解。」

見韓品儒臉色沉了下來，宋櫻微微一笑。

「看來這話題讓你不太舒服，那就先說到這裡吧。」

此時，兩人的手機同時響起。

「請各位同學立刻回餐廳集合，有重要事項宣布。」

收到李宥翔的訊息後，韓品儒和宋櫻一起返回了餐廳。

看到他倆肩並肩地回來，歐陽奈奈馬上大吵大鬧，鼓著腮幫子快要哭出來了。

「你你你為什麼會和她一起回來？你們剛才到哪裡去了？」

「欸？我、我們只是碰巧在外面遇到……」

「明明已經有了奈奈，還劈腿別的女生，韓品儒你真是好大的狗膽。」武唯伊邊說邊按著指關節。

「等、等一下！我什麼時候劈腿了……不是不是，我、我什麼時候跟奈奈同學交往了？」

「品儒，你跟歐陽奈奈交往也不跟我說，太不夠朋友了！」

溫郁謙用一種既羨慕又嫉妒的口吻說，還「喀嚓」一聲大口咬下玉米棒。

幸好，李宥翔說話的聲音拯救了身陷修羅場的韓品儒。

「各位同學，我們已經把『太陽』和『審判』用掉了，現在只剩下十八張塔羅牌，正好足夠每人分一張。公平起見，我們就用抽籤的方式來分配吧。」

抽籤後，每人都分得了一張牌，就連鄭俊譽也有，不過暫時由陳日峰代為保管。韓品儒分到的牌是「皇帝」，這是他最厭惡的牌，他最希望得到的「星星」則是由溫郁謙獲得。

分完牌後，一道柔弱的聲音突然響起。

「那個……關於這個遊戲，我有些事情想跟大家說一下。」

眾人轉頭去看，只見說話的是個身材嬌小、戴著大圓框眼鏡，梳著兩條羊角辮的女生。她叫何書萌，是個典型的文學少女，平日最愛在圖書館流連，手裡常常捧著書。

意識到所有人都目不轉睛盯著自己，何書萌臉上一紅，繼續用蚊鳴似的聲音說：「之前俊譽同學叫我們去圖書館為他找塔羅牌，我在某個書櫃發現了一疊奇怪的紙張……我是圖書委員，昨天才輪值過，我敢肯定那些紙是在遊戲開始後才出現的……我一直很想告訴大家，可是找不到機會。」

「可以請妳給我們看一下那些紙張嗎？」李宥翔問。

何書萌小雞啄米般點了點頭，從口袋裡拿出一疊紙，依次序逐張排好放在餐桌上。仔細觀察，這些紙似乎是從某本素描簿撕下來的，紙張的顏色泛著暗黃，還有不少地方被蟲蛀出洞來。有幾張紙因紙質脆化而四分五裂，多虧用膠帶貼了起來才能夠勉強閱讀。

每張紙上都畫滿了拙劣卻不失細膩的塗鴉，看起來有點像孩子的繪本，筆跡稍顯褪色，第一頁的右上角潦草地寫著某個日期。

「一九八〇年十一月……其他字看不清……一九八〇年的話，那不就是四十年前嗎？」一名女生說。

無獨有偶，現在也正是十一月，年份卻是二〇二〇年，也就是說，這些紙已經足足有四十年歷史。

「請大家仔細看一下那些圖畫。」何書萌低聲說。

於是韓品儒從第一幅圖看起。雖然作者的畫功不怎樣，仍看得出是一群人在教室裡，教室門外掛著「二年一班」的牌子。

下一幅圖是校歌響起，之後一名男學生在某張課桌下找到了一張紙牌，上面的圖案赫然是塔羅牌的「吊人」，接下來，其他人也在不同地方找到了塔羅牌。

「天哪，他們做的事也跟我們太像了吧？」一個男生說，「我就是在樓梯下方找到『審判』的！」

眾人一路看下去，毫無疑問，紙張上畫的就是「塔羅遊戲」無誤。塔羅牌的擺放位置跟現在幾乎一樣，不過他們的遊戲經歷跟韓品儒等人並不完全重疊。

由於四十年前還沒有手機，因此一切訊息通知皆倚賴廣播，而且他們只需要把卡牌放進口袋就能確認持有權，卡牌的能力描述也直接印在牌背。

此外，與韓品儒等人相比，他們團結得多，始終互相合作，直至找到最後一張塔羅牌的時候，都沒有半個人重傷或死亡。

如無意外，下一幅圖應該就是所有人通關遊戲，一起走出校門，但是——

「這些綠色的東西是什麼？樹嗎？」溫郁謙指著某幾張紙問道。

那幾張紙描繪出當那些學生集齊二十二張塔羅牌後，校舍中突然出現一棵巨型藤狀植物，用綠色的觸手去抓捕所有人，再之後發生了嚴重的水災，淹沒了整間學校。

水災過後，看樣子應該還有後續，可是已經沒有別的紙張了，不知是作者沒繼續畫下去，還是散佚了。

「這裡就是全部的圖畫嗎？還有沒有其他的？」李宥翔詢問。

何書萌搖了搖頭。

「既然妳找到了這種好東西，為什麼不早點跟大家分享？」另一名男生埋怨地說，「這樣大家就不用找牌找得這麼辛苦了！」

「對不起……」何書萌低著頭，睫毛閃動著淚光。

「請不要責怪何書萌。」李宥翔開口打圓場，「如果她之前就把這些畫拿出來，肯定會被鄭俊譽沒收，那將會是最不堪設想的局面。」

看完所有圖畫，眾人七嘴八舌地議論起來。

「所以……四十年前也有塔羅遊戲？怎麼從沒聽過？」

「這些圖畫是在暗示我們的未來嗎？那棵綠油油的樹是啥鬼？」

「那時的結局到底是怎樣？好想知道啊！」

如果這些圖畫並非捏造，在四十年前，當時的二年一班也被捲進了塔羅遊戲。畫下這些圖的人，大概就是那時候的其中一個學生。

然而如果四十年前這所學校曾經發生過這麼嚴重的事件，想必會成爲轟動全國的新聞，不可能半點消息也沒有走漏，即使過了這麼多年，他們這些學弟妹也必定有所聽聞。

這究竟是怎麼一回事？

「宥翔，你有任何頭緒嗎？」

韓品儒問他身旁的李宥翔，身爲學生會長的他也許會知曉一些不爲人知的內幕。

「我也不清楚這是怎麼回事，不過圖畫裡描述的應該是四十年前發生的事無誤。」

李宥翔摸著下巴。

「從筆跡和紙張的狀況來看，不像是僞造的。還有，我看過一些學校的老照片，當年的校舍跟現在有點不同，例如那時的外牆是刷成鐵灰色……這些圖畫與當時的環境吻合。」

「四十年……四十年……」一名叫孫妍的女生喃喃念叨著，「對了！那是聖楓七大怪談之一！」

「什麼聖楓七大怪談？」佟人杰問。

「那是這間高中流傳已久的七個怪談。」何書萌輕聲回答，「其中一個是『四十是災難的年份』，據說是因爲在《聖經》裡，神對人類的審判或懲罰往往都與『四十』有關，例如以色列人在曠野遊蕩了四十年、約拿警告四十日後尼尼微會傾覆等等。」

「有夠無聊的。」佟人杰嗤之以鼻，「這些穿鑿附會的東西不會有人當眞吧？」

「才不無聊呢！」孫妍回嗆他，「很多怪談都是有根據的，你不懂就別亂說！」

「這間高中還有什麼怪談？」另一名男生提問。

「玩紙牌遊戲會招來死神、圖書館藏著死者的血書、中庭的天使雕像會在深夜變成惡魔等等。」

「玩紙牌遊戲會招來死神，難怪這間學校沒有桌遊社……等一下，紙牌遊戲該不會是指塔羅牌吧？」

「哇，有夠邪門的！」「這已經不只是邪門了吧？」

「說起來，這間學校的辦學團體『獻己會』好像有些不太好的傳聞……」

眾人忽然討論起校園怪談，氣氛相當熱絡。

「宥翔，你認爲四十年前到底有沒有發生過塔羅遊戲？」韓品儒問。

「現階段我不敢下判斷。」李宥翔說，「不過我們可以去學生會室查一下資料。那裡存放了多年來的學生名冊、結業生名冊、結業照等，說不定可以找到一些線索。」

007 生命樹

正當他們決定前往學生會室的時候，校歌鈴聲突然再度集體響起。

塔羅遊戲的吉祥物——打扮成吉普賽女郎的毛線娃娃出現在眾人的手機螢幕，這次她扮演的角色是占卜師，她坐在一個帳篷裡，面前有顆水晶球，上面浮現一段文字。

【二年一班的同學好棒棒喔☆ 二十二張大阿爾克那塔羅牌已經找齊了，現在追加四張小阿爾克那王牌！各位繼續加油努力☆ 啾咪啾咪～】

看到這段文字，眾人立刻慌了手腳。

「什麼？還有其他塔羅牌？不是結束了嗎？」

「小阿爾克那王牌是啥鬼？我們又要開始收集卡牌了？」

韓品儒想起巫綺蕾說過的話，他知道小阿爾克那也是塔羅牌的一種，總共有五十六張，不過更詳細的資訊就不清楚了。

「那個……小阿爾克那也是塔羅牌，共分成四種花色，分別是『生命樹』、『寶劍』、『聖杯』和『五芒星』，其中『生命樹』又稱『權杖』、『五芒星』又稱『錢幣』。」何書萌小聲開口，「每種花色有十四張牌，其中一張叫『ACE』，也就是所謂的『王牌』。」

「妳怎麼會知道？」一名男生問她。

「我之前看過一本小說叫《愛上壞壞的占卜師》，裡面就有提到塔羅牌。據說塔羅牌不只一種體系，各個體系的卡牌都有些許差別——」

她話未說完，外面忽然傳來一陣「轟隆隆」的聲響，地面也微微晃動，彷彿有巨人在跳舞。

「地震了？」「你們快看運動場！」

學生餐廳外面便是運動場，透過窗戶可見到運動場正中央的地面出現了裂痕，某種東西正在拚命地破土而出。

幾個好奇的人紛紛前往運動場去查看，只見那個東西原來是一株植物，猶如一根木製的權杖般，直挺挺地插在地上，已有不少青翠的嫩芽長了出來。

在人類眼中，植物的生長本應緩慢得與靜止無異，然而這株植物卻像是被按下了快轉鍵，不斷發芽抽枝。

短短一分鐘，那株植物便由樹苗長成了小樹，藤蔓的數量快速增長著，並且向四面八方不斷伸展開來，每條藤蔓都生滿了隆起的肉瘤，模樣甚是醜惡詭異。

圍觀的眾人漸感不妙，趕緊前仆後繼地跑回西校舍裡，並且把門窗緊緊關上。

「等一下，小妍在哪？有人看到小妍嗎？」一名女生慌張地問。

「孫妍她還在外面！」一名男生指著窗外高叫。

孫妍不知是扭到腳還是嚇得腿軟了，正在地面上艱難地爬行著，努力想逃離身後的恐怖怪樹。

下一秒，她被藤蔓觸手捉住了足踝提起，整個人倒吊在半空，接著，觸手前端化爲尖錐，一下子貫穿了她的心臟。

鈴聲響起，最新的情報傳送至各人的手機。

【NO. 6 孫妍：確認死亡。餘下人數：17人。】

目睹孫妍被怪樹活活殺死，所有人都異常恐慌，不是嚇得癱在地上，就是把剛才吃進去的統統吐了出來。

「這究竟是怎麼一回事？爲什麼會突然出現這種怪物？」

一個男生這麼說完後，另一個人立刻嗆他。

「你到底有多笨啊？這明擺著就是『生命樹』好嗎！」

「但『生命樹』不是一張塔羅牌嗎？怎麼變成實體了？」

「你問我，我也不會知道啊……」

他們所能做的，僅是目瞪口呆地看著生命樹越長越巨大，猶如特效電影裡的外星怪物。

雖然今天到目前爲止已經發生了許多不可思議的事，然而與眼下的情景相比，卻又顯得小巫見大巫了。

「天哪，那棵樹到底怎樣才會消失？它會不會闖進來把我們抓走？」

「完了完了……我們全部都會被它殺死！」

眾人越想越害怕，一時間人心惶惶。

「大家冷靜一點，不要自亂陣腳！」

李宥翔再次領導一眾同學。

「我們學校是抗震建築，結構特別牢固，不會輕易被外力破壞，它一時三刻應該進不來。此外門窗也經過強化，只要大家關好門窗待在校舍裡，暫時不會有太大問題。趁著這段時間，我們來想想對策吧。」

「班長，我們要不要試一下燃燒瓶？」陸博文問，「一般來說，植物是怕火的，如果用燃燒瓶的話，說不定可以把它燒死，再不濟也可以延緩它的攻勢。」

「那我們就試試看吧。火是雙刃劍，務必小心使用。」李宥翔點點頭，「萬一我們無法燒死『生命樹』，最先淪陷的會是西校舍，接著到主校舍，最後是東校舍。要是大家撐不下去，記得前往東校舍避難。」

「剛才我給大家看的圖畫中，好像記載了對付『生命樹』的方法，不曉得大家有沒有留意到……」何書萌弱弱地說，「只要用『寶劍』斬斷『生命樹』的根部，就可以讓它消失了。」

「那麼『寶劍』的所在位置也有畫出來嗎？」李宥翔問。

「好像有，我確認一下……」何書萌翻閱紙張，「嗯，找到了，大家可以看看這幅圖。」

韓品儒湊近過去，只見那幅圖大致描繪出一個櫃子，一名姿勢彆扭的學生從櫃頂拿到了一張牌，上面的圖案是一把貫穿王冠的長劍。至於這個櫃子所在的地點，則是因爲筆跡過於模糊而無法分辨。

「『寶劍』藏在某個櫃子的頂部？可是全校恐怕有不下一千個櫃子，要怎麼知道是哪一個？花時間逐個去找的話，『生命樹』早就攻進來了。」溫郁謙苦惱地說。

「何書萌，可以讓我再看一下那些圖畫嗎？」

李宥翔開口，聞言，何書萌把圖畫遞給他。

李宥翔瀏覽完後沉思了一會，「這張『寶劍』……可能就藏在西校舍的某個櫃頂。」

「咦？你怎麼會知道？」溫郁謙大爲驚奇。

「樓層高度。」

李宥翔回答。

「從造型和顏色可以看出，這個櫃子是大部分教室都有的雜物櫃。據說這些雜物櫃是校方統一訂製的，因此每個的高度都相同，可以用來作爲樓層高度的參考。西校舍是所有校舍裡最早建成的，各樓樓層高度比其他校舍來得矮，既然這個櫃子幾乎要碰到天花板了，那麼應該就是在我們目前所在的西校舍無誤。」

「這樣範圍就縮小了不少，我們趕快去把『寶劍』弄到手，然後將『生命樹』砍斷吧！」一個男生催促。

「那我們再次分成三組。」

李宥翔對眾人說。

「對理科較有信心的人，請加入陸博文那一組，前往化學教室協助製作燃燒瓶。而何書萌發現的圖畫是尋找『寶劍』的關鍵，就麻煩妳負責帶領一部分的人搜索西校舍。至於其餘的人請走遍各個校舍，把門窗關緊，並且尋找其他可能與生命樹對抗的武器，萬一燃燒瓶無法奏效，我們也不至於束手無策。」

所有人都點頭表示明白。

「還有，請大家千萬不要關閉手機，若有重要事情發生，記得通知其他人。時間不多，馬上開始行動吧！」

大家立刻進行分組，韓品儒對於要加入哪一組十分猶豫，正想著還是跟隨李宥翔或溫郁謙行動時，有人輕輕拉了他的衣袖一下。

「韓品儒同學，我最不會當領袖了，可以請你代替我領導這一組嗎？」何書萌囁嚅著問。

韓品儒臉上一紅，「妳、妳大概找錯人了，我也沒當過領袖……」

他這麼說完後，卻發現選擇了尋找「寶劍」的同學們都在看他，臉上流露出殷切的表情，似乎在期待他能夠像之前打倒鄭俊譽那樣，再次發揮奇蹟的力量。

眼見時間緊逼，韓品儒雖然並不情願，也只好暫時接下任務，帶著全體組員在西校舍展開搜索。

他們將西校舍的所有櫃頂全找了個遍，然而一無所獲。

「會不會有什麼地方遺漏了沒找？」一名女生問。

「我們每找完一個櫃頂，都會用紅色噴漆在櫃子噴上一個叉，標示已經找過，應該不可能會有遺漏的地方吧？」另一名男生搖頭。

「何、何書萌同學，可以麻煩妳再給我看一下那些圖畫嗎？」

何書萌依言把紙張交給了韓品儒，而韓品儒再次仔細檢查，突然發現了不對勁。

「這、這幅圖原本是碎成好幾片的吧？請問是妳用膠帶把它們黏起來的嗎？」

「嗯，發現的時候就是這樣了，於是我把碎片拼湊起來，再用膠帶固定。請問……這樣做是不對的嗎？」何書萌憂心忡忡地問。

「妳、妳做得很對，只是有個地方……請妳仔細看一下這幅圖，尤其是那個男生的腰間。」

韓品儒所說的，正是那幅從櫃頂找到「寶劍」的圖，何書萌留心觀察，注意到圖中那名男生的腰間扣著一條長長的鏈子，那是某種在高中男生間頗爲流行的飾品。

「這條鏈子……咦？」何書萌睜大眼睛，「這條鏈子不是往下垂，而是甩向了一邊，難道說……」

韓品儒點點頭，「雖、雖然妳成功把所有碎片都貼在一起，不過妳搞錯了這幅圖的方向，不小心把它旋轉了九十度。」

韓品儒把那幅圖轉回正確方向。

「這、這才是它眞正的模樣。這、這個男生不是站著去拿放在櫃頂的塔羅牌，而是側趴在地上，去拿位於櫃側的卡牌。」

「這麼說來，我們一直都弄錯了，難怪找遍西校舍的所有櫃頂都沒發現⋯⋯」

就在此時，有人冷不防發出一聲充滿驚恐的尖叫。

「快看下面！生命樹要闖進來了！」

韓品儒等人跑到窗邊，只見隨著時間流逝，生命樹已經長成一棵異常高聳的巨樹，差不多有三層樓那麼高，樹幹粗得令人驚懼，三人張開雙臂也未必能合抱，每條藤蔓觸手都比蟒蛇還要粗。

生命樹的觸手越伸越長，已經超出了運動場的範圍，並且來到西校舍外面。那些長滿奇怪肉瘤的觸手在校舍外牆不斷遊走，似是想尋找空隙鑽進來。一扇沒有關緊的窗戶成了生命樹的目標，接著藤蔓觸手便爭先恐後地從這個突破口闖入校舍。

所有人嚇得倉皇逃逸，韓品儒邊跑邊用手機傳訊息給所有同學，向他們匯報關於「寶劍」的事。

「救命！救命啊！」「是誰都好，快點來救我們吧！」

樓下傳來幾個女生淒厲的慘叫，韓品儒明白這是生命樹正在大開殺戒，他雖然也害怕得全身顫抖，卻無法忽視同學的求救。

「怎麼辦怎麼辦⋯⋯我要怎樣去救她們？」

他第一個想到的方法是使用塔羅牌的能力，可是他身上只有一張「皇帝」，這張牌看似威力強大，在此刻的情況下卻毫無用武之地。他東張西望，瞥見角落有一把消防斧頭，於是便拿下來湊合著使用。

韓品儒跑下階梯來到三樓，只見兩名女孩正在沒命地逃跑，是惡女倪心婭和她的其中一名跟班田娟。

看到是這兩個曾經傷害巫綺蕾的人，韓品儒不禁有點後悔起來。不過田娟在最後向巫綺蕾道了歉，還算是良心未泯。

生命樹的觸手在後方追趕她們，雖然她們已經跑得很快，仍快不過觸手的伸展速度，恐怕再過幾秒，她們就會被觸手捲走——

「啊！」

倪心婭突然把田娟推倒在地，下一秒，觸手便捲住了田娟的足踝。田娟驚恐地慘叫，無法抵抗地被往後拖行，身體硬生生擦過走廊的地面。

「心姊！妳爲什麼要推——」

話未說完，田娟就被觸手刺穿心臟。

【NO.21 田娟：確認死亡。餘下人數：16人。】

倪心婭不負惡女之名，爲了自己可以活命，竟毫不猶豫地送朋友去死，但是田娟的犧牲也只爲她多爭取了幾秒時間，觸手仍在她後面窮追不捨，轉眼也將她捲住。

「快想辦法救我啊啊啊啊啊啊！」

「快趴下！」

一道熟悉的聲音突然響起，韓品儒想也沒想就趴倒在地。

下一秒，一個被點燃引信的玻璃瓶從他頭頂飛過，分毫不差地砸中生命樹的觸手。

「韓品儒，你沒事吧？」投擲出玻璃瓶的陸博文高叫。

「嗯……」韓品儒勉強應了聲，狼狽地從地上爬起。

玻璃瓶在擲中目標的同時爆裂開來，裡頭的液體遇火即燃，生命樹轉瞬燒了起來，像受傷的巨型章魚般痛苦地掙扎，被迫放棄到手的獵物。

倪心婭死裡逃生，隨即向陸博文表達感激。

「陸博文，想不到你會特地來救我，眞是太謝謝你了！」她邊說邊對陸博文露出不自然的笑容，並且向他越靠越近，「如果你能一直保護我就好了……」

韓品儒驚覺這個畫面似曾相識。

「陸、陸博文快避開！」

韓品儒發出警告的同時，倪心婭已經朝陸博文撲了過去，幸好陸博文也對倪心婭過於熱情的表現起了疑心，及時避開了她。

「倪、倪心婭持有『戀人』，要是你被她親到就會成爲她的奴隸了！」

被韓品儒洞悉意圖，倪心婭惱羞成怒。

「可惡！你們就乖乖地被我奴隸化，當我的盾牌吧！」

「我、我命令妳不准使用『戀人』！還有不准攻擊我們！」韓品儒喊道。

「誰要聽你的命令？」

倪心婭露出狡猾的笑容，當她正要再度撲向陸博文時，動作卻硬生生止住了。她全身的肌肉都在抽搐，連額上青筋都在突突跳動，身體卻一公分也移動不了。

「韓品儒你這混蛋……竟敢對我用『皇帝』！」

倪心婭怒不可遏，改為攻擊韓品儒，然而同樣無法傷害他分毫。

「別再理她了，火勢開始減弱，我們快點逃吧！」陸博文催促韓品儒，「先離開這裡再說！」

兩人以平生最快的速度奔跑，經過空橋逃離了西校舍，來到第四校舍，與生命樹拉開了一段頗大的距離，終於能稍微喘口氣。

「說、說起來……你為什麼會跑回來西校舍？」韓品儒問陸博文，「你不是在化學教室指導大家製作燃燒瓶嗎？」

「我怕你們會遭遇不測，於是先拿了一些成品過來，還好趕上了。」

「幸、幸好你及時趕到，要是你沒有出現，恐怕我就被生命樹分屍了。」

想起方才的千鈞一髮，韓品儒餘悸猶存。

「你救過我兩次，這算是報恩吧。如果不是你向歐陽奈奈借『太陽』，我早就死了。還有，要不是你打倒了鄭俊譽搶走他的牌，我也無法復活。對了，有一件事……」

陸博文說著，停了下來，欲言又止。

「……有一件事想問你一下。你知道池東皓是怎麼死的嗎？我問過佟人杰和趙泳旻，他們說好像是吳美美殺的，但詳細情況不是很清楚，又說問你會比較好。」

「池、池東皓確實是被吳美美殺死的，他無意中發現了吳美美的祕密，於是被她殺人滅口。」韓品儒黯然答道，「老、老實說，我還以爲你會不想再聽到池東皓這個名字。」

陸博文沉默了一會，露出頗爲落寞的表情。

「我確實無法原諒池東皓。我們明明是從小認識的朋友，他卻爲了討好鄭俊譽，用啞鈴一下又一下地砸我的頭，無論我怎樣求他也不肯停手，這叫我怎麼原諒他？可是他在砸的時候……不斷地說對不起、對不起……滿臉都是淚水。」

陸博文重重地嘆了口氣。

「我想了很久，不知道應該對他抱持哪種心情。我只知道，如果眞有下輩子這回事，我還是……想跟他再當一次同學，再當一次……朋友。」

對崇尚理性的陸博文來說，如此感性的告白是破天荒的第一次。雖然他的語氣仍然頗爲一板一眼，不過韓品儒能感受到他隱藏在話語裡的眞摯感情。

「對了，還有另一件非常重要的事。這件事我只對你說，你別告訴其他人。」

陸博文左右瞧了一眼，刻意壓低聲音。

「我想了又想，還是認爲今早偷襲我的有很大機會是劉威以外的人，於是我剛才又跑了一趟教材室，結果在案發地點發現了一件物品，上面沾了血跡，明顯是兇手刺殺我的時候不小心落下的。」

「物、物品？」

「那件物品一看就知道是誰的，可是……我眞的不敢相信那個人會下手殺人。」

陸博文緊緊皺著眉頭。

「還有，我問過林尙斌了，他說那把菜刀不是劉威的。他和劉威在走廊上偶然碰到後打起來，劉威敵不過他逃跑，發現地上有把染血的菜刀就撿起來用。那菜刀出現的時機太過巧妙，簡直就像想引誘他們使用一樣，看來兇手不只想把凶器栽贓給別人，還希望別人用菜刀同歸於盡。」

想到這個工於心計且心狠手辣的人仍在他們之中，韓品儒便有種不寒而慄的感覺。當時遊戲才剛開始，究竟是誰這麼狠心要致同學於死地？又是出於什麼目的？

「你、你說的那個人到底是……」

陸博文正要把名字說出來時，他身後的窗外驀地出現了數條藤蔓觸手，下一秒，觸手從敞開的窗戶闖了進來，如利劍般捅穿了他的心臟。

韓品儒嚇得目瞪口呆，數秒過後，才發出崩潰的叫喊。

「呃啊啊啊啊啊啊——」

他明白自己應該逃跑，但是兩腳卻不聽使喚，猶如生了根似的留在原地。

生命樹當然不會放過他這個現成的獵物，正要讓他步上陸博文的後塵時，一名長髮女孩衝了過來，將燃燒瓶擲向了生命樹。

「別呆愣在這裡！你想死嗎？」

那名女孩正是宋櫻，她立刻拉著韓品儒逃跑，卻被他奮力掙脫。

「不！我不能留下陸博文！」

韓品儒把陸博文從地上拉起來一起走，可是這樣做根本沒有意義。胸口穿了一個大洞的人怎樣也活不成的，陸博文也不例外。

「我命令你不准死！聽到了嗎？我命令你不准死！」

失去了理智的韓品儒，對著陸博文的屍身大吼大叫。

「我命令你……不……准……死……」

【NO.16 陸博文：確認死亡。餘下人數：15人。】

這一次，他再也無法復活了。

✡

繼西校舍被生命樹占據後，第四校舍也淪陷了，藤蔓觸手闖進了中庭，整個主校舍陷入了空前危機。

雖然燃燒瓶的量產十分成功，而且每次投擲皆擊中目標，然而生命樹如同它的名稱一樣，擁有極其頑強的生命力，火焰只能延緩它的攻勢，要把它徹底燒死是難如登天。

除了火焰，他們也嘗試過用斧頭、菜刀等武器去對抗，無奈往往只能砍傷藤蔓觸手的表皮，哪怕眞的砍斷了，不出一會也會重新長出來。

繼陸博文慘死之後，又傳來倪心婭另一名跟班趙娜的死訊，如今班上只剩下十四人，每個人都受了不同程度的傷。他們已經被逼到絕境，所有人的精神力和體力都瀕臨極限。

西校舍和主校舍淪爲觸手地獄，於是他們撤退至東校舍，躲在某間距離生命樹最遠的教室裡。主校舍和東校舍的三樓以空橋相連，連接處設有防火閘，他們把閘門拉下來阻止生命樹入侵，並且用雜物在空橋設置路障。

他們已經將能做的事都做了，接下來只能祈禱防火閘夠堅固，不會被攻破。

「品儒你還好吧？是不是受傷了？」

見韓品儒一臉恍惚，猶如行屍走肉，溫郁謙擔心地問。

「我……沒事。」

韓品儒雖然這麼說，但明顯是違心之言。不久前才目睹陸博文被殺死的他，仍未能從巨大的震驚和悲痛中恢復過來。

「我想各位同學都已經收到了我的訊息。」李宥翔環顧眾人，「你們認爲那個方法是可行的嗎？」

「也沒有其他方法了吧？」

「是說爲什麼不早點提出這個方法？這樣就不會有同學犧牲了。」

「這方法你自己也想不到，還好意思說別人？」

即使情況嚴峻到無以復加，依然有人爲了小事吵起來。

「宥翔，我想大家都覺得那是個好方法啦。」溫郁謙說，「可是『魔術師』到底在誰手上啊？」

李宥翔提出的方法是使用名爲「魔術師」的塔羅牌。這張牌的能力是能夠變成任何一張卡牌，除了「死神」、「星星」、「太陽」和「審判」。換句話說，「魔術師」可以變成「寶劍」。

之前大家都被圖畫影響了思考，只想著要把「寶劍」從校舍找出來，卻忘了有這個更方便快捷的方法。

「持有『魔術師』的同學，請說出來吧。你可能害怕交出塔羅牌後會輸掉遊戲，但其實不用擔心，因爲當生命樹消失後，我們會從死去的同學們身上回收他們的牌，我們擁有的卡牌數量是足夠所有人勝出遊戲的。」

李宥翔這麼說完後，仍是無人承認自己持有「魔術師」。

「既然這樣，只好請各位同學把自己的塔羅牌拿出來，給大家檢查。」

每個人都拿出了他們的塔羅牌，確實沒有任何人持有「魔術師」。

「這樣的話，『魔術師』可能是在死去的同學手上。」李宥翔沉吟，「有誰知道陸博文、孫妍、田娟、趙娜分別持有哪張塔羅牌？」

「我跟陸博文交換過卡牌的情報，他的牌是『愚者』。」佟人杰說。

「田娟持有『女祭司』，趙娜持有『戰車』。」倪心婭咬著牙說，「說起來還眞是讓人火大，趙娜居然丟下我和田娟自己跑掉，不過她之後還是被生命樹幹掉了，一定是現世報！」

由於「生命樹」的本質仍是塔羅牌，其攻擊被劃入卡牌攻擊的範疇，因此只能抵禦一般攻擊的「戰車」便無用武之地，趙娜也因此喪命。

「那麼只剩下孫妍了，『魔術師』應該就在她身上。」李宥翔推敲。

「我們要怎麼去拿？孫妍的屍體還留在運動場上，但現在別說去運動場了，只要一離開這座校舍就會被殺死了吧？」

溫郁謙話才說完，某處突然傳來「轟」的一聲，接著又有第二聲、第三聲……巨響接連響起，每響一聲都令眾人心頭跟著一顫。

這些聲響代表主校舍和東校舍之間的防火閘正被生命樹衝擊著，當防火閘這道防線被突破，生命樹就會正式闖進東校舍了。

「情況緊急，我去運動場把『魔術師』拿到手吧！」陳日峰毅然站了出來，「我對自己的運動神經很有信心，應該可以躲過『生命樹』的攻擊，順利完成任務。」

此時，一道戲謔的嗓音插口：「說到運動神經，還是我更可靠才對吧？」

眾人一起轉過頭去，一名高大挺拔的男生進入了教室，他身上血跡斑斑，一副吃了不少苦頭的樣子，不過帥氣的臉上仍掛著十足挑釁的表情。

「鄭俊譽！」「俊譽同學！」「你這垃圾人渣！」

「這傢伙爲什麼會在這裡？他不是被關起來了嗎？」溫郁謙怒氣沖沖地問。

「對不起，是我把他放出來的。」陳日峰慚愧地說，「我怕『生命樹』會攻擊體育館，於是偷偷讓他出來了。剛才分牌時他得到的牌是『隱者』，我把牌還給了他，好讓他可以隱藏起來，避免跟大家碰面。」

「鄭俊譽你這混蛋，居然還有臉站在這裡！你早該被『生命樹』殺死！」一個被鄭俊譽奴役過的男生雙眼布滿血絲，捏著拳頭就準備衝上去暴揍他一頓。

「等一下，現在不是內鬨的時候！」李宥翔趕緊制止。

「這不是內鬨，這是報仇！」「沒錯，鄭俊譽已經不再是我們的同學了！」

「我不管你們有沒有當我是同學，我只知道你們正在找人下去拿『魔術師』。」鄭俊譽冷哼一聲，「在班上我的運動神經是最好的，無論體力、速度、瞬間反應，還是動態視力，都沒人及得上我。只有我才能拿到『魔術師』，你們就乖乖承認吧。」

「這混蛋怎可能會這麼好心？他莫名自告奮勇，背後肯定有什麼陰謀！」另一名男生咬著牙說。

「沒錯，實在太可疑了。」溫郁謙也附和，從李宥翔受傷的那刻起，他就沒有原諒過鄭俊譽這個元凶，「鄭俊譽，你這樣做的目的到底是什麼？」

「當然是想將『魔術師』變成『寶劍』，然後把那棵噁心的鬼樹給砍了，還會有其他目的嗎？」鄭俊譽冷冷表示。

「肯定不僅如此，大家千萬不要相信他！」又一個男生指著他高叫。

「生命樹很快就會攻進這裡，你們還要囉嗦到什麼時候？」鄭俊譽不屑地撇嘴，「快告訴我孫妍屍體的確切位置，我現在就下去。」

「不，你不能就這樣去。」李宥翔開口，「你也看到了，這裡以外的地方差不多都被生命樹攻占了，你不帶點裝備的話，別說是抵達運動場，恐怕一離開這裡就會被殺死。」

「哼，以我的運動神經，這只是小菜一碟。」

「我沒有低估你的運動神經，同樣的，我也沒有低估生命樹的殺傷力。」李宥翔十分堅持，「你要去，至少帶上一兩張防身的塔羅牌。」

鄭俊譽沉默了一下，「我只需要『吊人』，其餘的就不用了。」

「那『力量』呢？」李宥翔又問，「這張牌應該也對你有幫助。」

「力量」的持有者是裴雪姬，鄭俊譽漠然地瞥了她一眼，臉上沒有半點對前女友的留戀，冷淡地說：「不需要。」

裴雪姬一臉不以為然，嘴角掛著冷笑。

最終鄭俊譽真的只借了歐陽奈奈的「吊人」來用，正當他準備下去的時候，陳日峰攔住了他。

「等一下，還是我去吧！」

「你以為我是為了誰才主動請纓的？你就留在這裡看我的表演吧。」鄭俊譽對陳日峰微微一笑，「不過……我倒是沒想到你會來救我。我之前搞出了這麼多事，我以為你永遠都不會原諒我了。」

「過去的事就別再提了，我們可是最好的朋友啊。」

鄭俊譽沒有作聲，之後把目光移到陳日峰胸前的十字架吊飾。

「這破玩意原來你還留著？我那個早就丟了。」

「什麼破玩意，這可是奇蹟的證明。如果沒有這個，我們連決賽也未必打得進去。」

陳日峰說的是去年的事。

那時聖楓高中籃球社在全國大賽的第一場比賽便遇上了強敵，所有人都認為他們不可能獲勝。身為教徒，陳日峰在出戰前一日拉著鄭俊譽去了教堂的義賣活動，買了兩條十字架項鍊當作幸運物，沒想到後來真的發生了奇蹟，他們的隊伍遇強則強，最終順利打進了決賽，獲得冠軍。

「你可以把這項鍊給我嗎？」鄭俊譽低聲問。

陳日峰解下項鍊交給他，鄭俊譽將十字架翻到背面，眼裡閃過一絲隱約的光芒。

接著，他打開窗戶跨了出去，使用「吊人」沿著校舍外牆俯衝而下。

「各位同學，燃燒瓶還剩下最後幾個，我們用來引開生命樹的注意，為鄭俊譽開路吧！」李宥翔高聲道。

他們把最後的燃燒瓶統統扔了出去，同一時間，鄭俊譽發揮出籃球社王牌應有的實力，以絕佳的體能在校舍外牆上高速奔跑，轉眼抵達了地面。

眾人屏氣凝神，目不轉睛地望著鄭俊譽憑藉靈活敏捷的身手，一一避開了生命樹的攻擊，朝著遠方的運動場邁進。

眾人身處的東校舍無法看清運動場上的狀況，於是他們利用宋櫻持有的「世界」觀察鄭俊譽接下來的動向。

只見鄭俊譽成功抵達了運動場，並且來到孫妍的屍體旁，大家猜想他是在拿取「魔術師」，之後他就移動至運動場中央，也就是「生命樹」萌芽的地方。如無意外，他接下來會把「魔術師」變成「寶劍」，並且砍向「生命樹」的根部。

過了半晌，一名男生指著窗外喊道：「你們看！那些觸手開始縮回去了！」

猶如被按下了倒退鍵，盤據在學校裡的藤蔓觸手正在急速縮回，回歸至生命樹起初生長的地方。不出一會，所有觸手清得乾乾淨淨，半根也沒遺留，校園各處只剩下破壞的痕跡，證明生命樹曾經肆虐過。

「太好了！太好了！」「成功了！我們得救了！」「呼，終於……」

有人相擁歡呼，有人喜極而泣，也有人因為緊張的心情一下子放鬆，整個癱軟在地。

當生命樹消失後，陳日峰馬上離開西校舍跑向運動場，想查看好友的狀況。其他人雖不像他那麼關心鄭俊譽，但也想了解實際情況究竟如何，於是跟著過去。

「不！」

還未抵達運動場，眾人便聽到一道撕心裂肺的痛呼，那是先走一步的陳日峰所發出的。

眾人加快腳步來到運動場，只見生命樹發芽的地方只剩下一個巨大的窟窿，一名男生動也不動地躺臥在窟窿旁邊，正是鄭俊譽。他的右手握著一把散發白光的寶劍，那把寶劍正在逐漸化作光粒子，消失在空氣中。

陳日峰把他的外套和襯衫解開，只見鄭俊譽的腹部竟包紮著被鮮血染成紅色的繃帶，外套口袋還掉出了一盒止痛藥。

鄭俊譽雙目闔上，神情平靜，就像睡著了一樣，陳日峰則臉色蒼白，眼神空洞，比他還像死人。

「鄭俊譽他……」李宥翔低聲說。

「死了。」陳日峰以粗啞得如砂紙磨過的聲音啟口，「他……應該早就被生命樹弄傷了，而且是致命傷，可是他卻拚命隱瞞著，勉強撐著最後一口氣來找我們……」

所有人的手機同聲響起，即使不拿出來看，他們也知道是什麼訊息。

【NO. 1 鄭俊譽：確認死亡。剩餘人數：13人。】

「我應該說什麼都要阻止他的……」陳日峰宛如精神錯亂般，不停地喃喃自語，「原本去拿『魔術師』的該是我……死的也應該是我才對……」

「他的左手好像握著什麼東西。」有人指著鄭俊譽的左手。

陳日峰扳開鄭俊譽捏成拳頭的左手，發現裡面是一枚十字架，那是鄭俊譽剛才向他要走的。

鄭俊譽捏得很用力，十字架都嵌進了他的掌心，沁出了血液。

陳日峰仔細翻看那個十字架，只見後面刻了一行小小的「John 15:13」，那天買下它的情景在腦海中浮現——

「喂，阿峰，這是什麼意思？」

「約翰福音十五章十三節啊，你不知道還買？」

「是你叫我買的好嗎。這到底是什麼意思？」

「人爲朋友捨命，人的愛心沒有比這個大的。」

陳日峰突然跪在地上，崩潰慟哭，其餘人只知道他因好友喪命而悲傷，卻不知道背後還有更深刻的原因……

✡

「各位同學，根據塔羅遊戲的通知訊息，小阿爾克那王牌總共有四張，目前只出現了『生命樹』。雖然不清楚鄭俊譽打倒『生命樹』的具體過程，但他應該就是把『魔術師』變成了『寶劍』，要是將這張『寶劍』也算進去，那麼接下來還有『聖杯』和『五芒星』，我們仍然不能鬆懈。」李宥翔對眾人表示，「那些紙張好像也記載了接下來會發生的事，麻煩何書萌再拿出來給大家看。」

他們在運動場上圍成一圈，利用手機手電筒功能的光芒檢視。

「接下來會出現的是……大洪水？這是『聖杯』還是『五芒星』搞出來的？」溫郁謙問。

「應該是『聖杯』。」何書萌小聲地說，「因爲那張牌的圖案就是一個不斷溢出水的金杯。」

他們繼續翻閱那些紙張，終於找到一幅關鍵的圖畫——一名學生爬下了水井，在底部發現一張繪有五芒星圖案的塔羅牌。五芒星是大地女神的象徵，那名學生利用卡牌召喚出女神，退治了洪水。

他們認真地檢查那幅圖，這次看得非常清楚，這張牌確實藏在一個以石頭築成的圓形水井裡頭。可惜的是，畫圖的人並沒有將水井的所在位置也畫出來。

「水井？我們學校有水井嗎？」

溫郁謙這麼一問，所有人皆面面相覷。他們在這所學校就讀了一年多，從沒聽說過學校裡有水井。

他們看向這裡最熟悉校園的人——學生會長李宥翔。

「圖畫是四十年前留下的，水井可能已被拆除，或是灌入水泥埋了起來。」

聞言，幾乎所有人都刷白了臉色。

「不過，我們可以參考一下四十年前的學校平面圖，那應該會標示出水井的位置。我記得學生會室沒有這方面的資料，也許校長室會有，我們馬上去找出來吧。」

來到位於第三校舍二樓的校長室，他們分頭翻箱倒櫃，仔細尋找相關的檔案資料，可是找了好一會依舊沒有多大進展。

「頂多找到十年前的平面圖，和現在的校舍毫無分別。不可能會有四十年前的平面圖，放棄吧！」倪心婭語氣煩躁。

韓品儒找到了辦公桌抽屜的鑰匙，打開抽屜後，發現裡面有臺筆電。

「這、這裡有臺筆電，裡面會不會有——」

正當韓品儒說到一半的時候，歐陽奈奈驀地尖叫起來。

「洪、洪水出現了！」

只見校園的地面已經被水淹過，水位大概在十公分左右，過了一會變成了三十公分，上升速度相當快。

大家分秒必爭地把一箱又一箱資料從校長室搬走，韓品儒也帶走筆電。到了最高樓層的教室後，眾人繼續在檔案堆中尋找資料，擅長電腦操作的佟人杰則嘗試駭入校長的筆電。

「找到了！」沒多久，佟人杰高叫。

眾人趕緊湊過去看，只見螢幕上顯示出一張簡易地圖，看得出原本是手繪，之後才用掃描器掃進電腦裡。

「這其實不是校舍平面圖，而是一張火警逃生路線圖，但也能湊合著用。」佟人杰指著路線圖的某個地方，「你們看，這裡有個水井。」

「水井原來在主校舍的北面……等一下，那不就是體育館嗎？」溫郁謙睜大眼睛。

「這麼看來，四十年前還沒有體育館，是之後才加蓋的，而且正好就蓋在水井上方。」

李宥翔沉吟，「想要拿到『五芒星』的話，恐怕得把體育館的地板砸開。」

「嗒」的一聲，眼前突然陷入漆黑。

「啊！」「停電了？」眾人紛紛驚呼。

由於配電室進了水，因此發生短路，校園瞬間被黑暗籠罩。每個人都開啟了手機的手電筒功能，幽幽燈光如鬼火般映著他們蒼白的臉龐。

「快看快看！連三樓也進水了，這樣下去我們會被淹死的！」

倪心婭唯恐天下不亂似的大叫，雖然她也不是亂說，按照這個上升速度，不出一小時，整所學校就會變成水底世界，他們也會變成浮屍。

「不，我們一定會沒事的，我們連『生命樹』那樣的難關都熬過了，這次也肯定會順利度過。」

即使身處被洪水威脅的黑暗中，李宥翔依舊十分鎮定。

「既然確定了『五芒星』的位置，那接下來要做的，便是把體育館的地板砸開，尋找在下面的水井。砸開地板原本是費時又費力的工程，幸好我們有『力量』，大概可以省下不少工夫。比較棘手的是，這件事必須由一個擅長游泳，並且能夠長時間憋氣的人去完成。」

「從這裡游到體育館，把地板砸開、尋找水井，做完這些事最少也要花上十分鐘吧？」溫郁謙問道，「有人可以憋氣憋這麼久嗎？能夠超過三分鐘已經差不多是運動員的水準了。」

「五分四十秒，這是我水中憋氣的最高紀錄。」

眾人一起看向說話的人，是腿短身長、一副游泳健將體格的趙泳旻。

「如果使用『力量』的話，應該一下子就能游到體育館，不出一會就可以完成任務，包在我身上吧！」他自信地豎起大拇指。

在場眾人當中，身為游泳社王牌的趙泳旻確實是最佳人選，更重要的是，他們沒時間猶豫了。

於是，他們從工具室找來一條結實的繩索，在趙泳旻的腰部纏了一圈，如有任何狀況，他們就能立刻把他拉回來。

趙泳旻全身脫得只剩下內褲，並且將「力量」和「星星」登錄在手機，這兩張牌分別是裴雪姬和溫郁謙借給他的。

「你千萬別勉強自己，要是憋不住的話就趕緊回到水面。」李宥翔叮囑他，「如果需要我們把你拉起來，你連續扯繩子三下，我們就會知道。還有，宋櫻會用『世界』留意你的行蹤，如果發現你在同一個地方逗留過久，我們也會盡快收回繩子。」

「班長你放心吧，我放假時常跟叔叔去自由潛水，受過不少訓練，跟大堡礁相比，這種程度的潛水對我來說完全不成問題。」

趙泳旻說完便「撲通」一聲跳進水裡，往體育館的方向游去。

水位上升得極快，轉眼到了四樓的高度，所有人索性走上頂樓。

過了四分鐘左右，趙泳旻仍未返回，眾人不禁開始替他擔心。

「趙泳旻現在在哪？」李宥翔問宋櫻。

「他還在體育館裡，但是……從一分鐘前開始就沒移動過。」宋櫻盯著手機螢幕，皺起了眉。

「他有拉扯過繩索嗎？」

「沒有，沒有任何動靜。」負責拉著繩子的人回答。

「安全起見，先把他拉回來吧。」李宥翔指示。

眾人合力去拉繩子，然而拉了許久還是拉不動，於是慢慢都變了臉色。

「說不定趙泳旻還在找塔羅牌，所以暫時不想上來？」

「我們這麼多人一起拉，趙泳旻只有一個人，不管願不願意，都一定會被我們拉上來的。」

「莫非他被困住了？或是有什麼東西把他壓著？」

「他不是有『力量』嗎？如果是被東西壓著了，應該很容易就能搬開才對。」

「光在這裡猜測有什麼用？還是派人過去看看比較實際吧。」

溫郁謙說完，本來議論紛紛的眾人都沉默了。

「小韓，幫我拿一下。」

「拿、拿什麼……嗚哇！」

一套女生制服朝韓品儒迎面飛來。

見宋櫻身上只剩內衣，男生們都尷尬地轉過頭去。

「宋櫻同學，妳這是……」何書萌不知所措地問。

「趙泳旻的紀錄好像是五分四十秒？我是六分五十秒。」

宋櫻邊說邊拉筋，之後把另一條繩子綁到自己的腰間。

「我下去確認他發生什麼事，無論如何都會在五分鐘內回到這裡，要是超過了五分鐘，你們直接當我死了就可以。」

宋櫻說完，一下子躍入水中。

韓品儒抱著宋櫻的制服，緊張地盯著漆黑的水面，過了大約四分鐘，繩子被人扯了三下，眾人連忙把宋櫻拉上來。

「趙泳旻確實把體育館的地板打穿了，可是他很不巧地被一塊水泥壓住了下半身，我用盡力氣也無法拉開他。我找到了在水裡漂浮著的『星星』，但找不到『力量』，不知漂到哪裡去了。」宋櫻向眾人說明情況，「他已經有點意識不清，我渡了些氣給他，讓他可以再撐一會。」

「那水井呢？妳有沒有找到水井？」倪心婭只關心「五芒星」的下落。

「水井的位置我大概找到了，不過也被水泥塊壓著，至少要兩個人才能搬走。」

「那快點多派一個人下去吧！」倪心婭心急地說，「五樓也開始進水了，不快點找到『五芒星』，我們全部都會被淹死的！」

「可是……誰要去？」何書萌怯生生地問，「我不會游泳……」

「這是男生的工作吧？讓男生去好了。」倪心婭不假思索地說。

「憑什麼把所有危險的事都丟給我們？」佟人杰抗議，「還有，我記得妳是女子游泳社的吧？去年還拿了獎牌！」

「哎唷，我的腳突然抽筋了！」

所有人之中，除了韓品儒、宋櫻、李宥翔和倪心婭，其餘皆是旱鴨子。宋櫻是一定會去的，倪心婭要賴不去，而李宥翔負傷，於是只剩下韓品儒。

「那、那我去吧。」韓品儒說，「但、但是我憋氣憋不久，恐怕潛不到那麼深的地方……」

李宥翔四下張望，「如果使用那邊的消防軟管呢？應該可以讓你一邊呼吸一邊前往體育館。」

眾人七手八腳地把軟管拆下來，韓品儒便帶著軟管和宋櫻一同潛進水裡。

——好冷！

雖然已有某種程度的心理準備，進入水裡的那刻，韓品儒仍是冷得直打顫，彷彿連腦漿都要凍結，全身泛起了雞皮疙瘩。

他嘴裡含著軟管，用力吸了幾口氣，塑膠的氣味讓人很不舒服，不過總比窒息來得好。

韓品儒借了「星星」來用，因此在黑暗的水底也能清楚看見四周的事物，他藉著與宋櫻牽手，把能力分享給她。

星光映照下的水底世界美得不可思議，他們彷彿在銀河裡游泳一樣。

只見整間學校變成了一座水中都市，猶如沉沒在海底的古代遺跡。校舍使人聯想到巨大的沉船，經過每層「船艙」的窗口時，都會看到裡面有無數桌椅、書本和教學用品正漂浮著，宛若奇形怪狀的水底生物。

韓品儒和宋櫻手牽著手，以最快的速度徑直往體育館游去。抵達目的地後，韓品儒馬上將軟管插到趙泳旻的嘴裡，趙泳旻隨即大口吸氣。

韓品儒和宋櫻一同抬走水泥塊，把趙泳旻救了出來，接著扯了繩子三下，順利地被眾人拉了回去。

回到頂樓，只見連這裡都快要淹水了，韓品儒和宋櫻把趙泳旻交給眾人照顧後，再度返回水裡。

兩人又一次來到體育館，合力將覆蓋著水井的水泥塊統統移開，之後由韓品儒潛入井裡取得「五芒星」，再一起重回頂樓。

當韓品儒確認持有權，喊出「使用五芒星」時，身披長袍的大地女神光芒萬丈地現身，瞬間令洪水退卻，整座校園從水鄉澤國恢復成原本的模樣。

008 惡魔

現在已經是凌晨四點多，距離塔羅遊戲結束尚餘大約五小時。

由於「生命樹」和「聖杯」的肆虐，校舍到處變得亂七八糟，沒有一個教室是整潔完好的，因此他們決定還是繼續留在樓頂休息，並照顧受傷的同學。

趙泳旻被救上來後，用「教皇」勉強保住了性命，熟悉急救程序的陳日峰爲他施展心肺復甦術，過沒多久，趙泳旻總算恢復意識，只是仍極爲虛弱。

「我們終於應付完四張小阿爾克那王牌——『生命樹』、『寶劍』、『聖杯』和『五芒星』了，塔羅遊戲程式也沒再發來任何訊息，這下應該不會再有其他事件發生了吧？」溫郁謙問。

咕嚕嚕……

眾人轉頭看向韓品儒，只見他不好意思地摀著肚子。

「那、那個，我剛才沒有吃東西，所、所以……」

「我就知道。」溫郁謙一手搭上他的肩，笑著搖了搖頭，「我們一起去餐廳找點吃的吧！」

「等一下，我的『教皇』被用來祝聖趙泳旻後就消失了，現在我一張塔羅牌都沒有，我們還是先去找牌吧。」佟人杰說。

「我的『力量』被趙泳旻弄丟了，也要再找一張。」裴雪姬也表示。

「以防萬一，先把死去同學們的塔羅牌回收比較好。」李宥翔點點頭。

如今只剩下十三個人，除了佟人杰和裴雪姬，每人均持有一張塔羅牌。

男生方面，韓品儒持有的是「皇帝」、李宥翔是「惡魔」、溫郁謙是「星星」、陳日峰是「月亮」、趙泳旻是「節制」、林尚斌是「高塔」。

女生方面，宋櫻持有的是「世界」、歐陽奈奈是「吊人」、武唯伊是「皇后」、倪心婭是「戀人」、何書萌是「正義」。

至於死去的同學們所持有的塔羅牌則是「愚者」、「女祭司」、「隱者」和「戰車」這四張。

「品儒，我們負責找牌，你儘管去餐廳拿吃的吧。」溫郁謙一本正經地說，「麻煩你把大家的份都帶回來，我想吃水果軟糖、巧克力派、起司夾心餅乾和洋芋片。啊，再追加兩瓶可樂。」

「郁謙，你的要求也太多了吧。」韓品儒忍不住抱怨，「餐廳裡的東西應該都泡壞了，能找到可以放進嘴裡的就很好了。」

「請幫我拿一罐黑咖啡，如果有黑巧克力我也想要一條。」李宥翔卻也開口「點餐」。

「連宥翔你也……」

「品儒同學，奈奈要馬卡龍，草莓口味和抹茶口味都要！」

「不、不可能有那種東西吧！」

大概是因爲劫後餘生的關係，大家的心情都有點放鬆，竟紛紛對韓品儒點起菜來。

倪心婭抱怨很累所以留在頂樓休息，何書萌則因爲方才爬樓梯扭到了腳，於是同樣不參與行動，趙泳旻還未恢復元氣，林尚斌留了下來照顧他。

韓品儒負責爲大家補充糧食飲水，而李宥翔、溫郁謙、陳日峰、佟人杰、歐陽奈奈、武唯伊和裴雪姬便出發去回收死去同學身上的塔羅牌。

「那待會見嘍，別忘了我的可樂要芒果口味的唷！」

溫郁謙臨走前不忘對韓品儒大喊。

等他們陸續離開頂樓，韓品儒才意識到自從克服「聖杯」帶來的災難後，宋櫻就再次失蹤了。不過這是她的風格，她向來愛當獨行俠，不喜歡跟大家混在一起。

✡

雖然洪水已退去，進了水的機房仍無法恢復運作，因此整個校舍依舊處於黑暗之中，韓品儒必須開啟手機的手電筒才能看清前面的路。

好不容易跨越重重障礙物來到西校舍一樓，只見餐廳裡的景象宛如發生過戰爭一樣慘烈，餐桌傾覆、椅子翻倒，更要命的是，被水泡過的食物殘渣和垃圾撒了一地，讓人看了忍不住反胃。

韓品儒在餐廳轉了一圈，在某個角落找到一臺貼著「故障」的自動販賣機，裡面有不少零食和飲料，於是他搬來一張椅子，用力砸向販賣機的玻璃。

他想到自己在今天之前，從未使用過暴力，如今卻可以毫不猶豫地破壞物品，實在是可怕的轉變。

將販賣機內的商品搜刮一空後，韓品儒捧著大堆零食離開了餐廳。

當他要返回主校舍時，忽然聽聞轟隆雷聲，往窗外一瞧，只見三道閃電從天而降，撕裂了夜空，不偏不倚地落在第三校舍樓頂。

明明天色十分清朗，一絲烏雲也沒有，怎麼會無端出現閃電？

韓品儒一時目瞪口呆，隨即加快腳步前去查看，將通往頂樓的門推開後，他卻被眼前的景象嚇得把所有零食都丟到地上。

何書萌、趙泳旻和倪心婭躺在地上，全身嚴重燒傷，還冒出了煙，差點辨別不了身分。

他們動作各異，趙泳旻像睡著一樣躺在地上，倪心婭則緊緊抓住何書萌的手臂。

「到……到底……發……發……發生了……什……什……什麼……」

韓品儒完全不敢相信自己的眼睛，語不成句。

「品……品儒……同……」

何書萌發出微弱的呼喊，韓品儒連忙走向她。

「林尚……斌……『高塔』……」

何書萌艱難地吐出幾個字，韓品儒必須把耳朵貼在她的嘴邊才能夠勉強聽見。

「結局……隱瞞……不想……自相殘……」

她動了動食指，指向地上的某個東西，之後便氣絕身亡，塔羅遊戲程式亦傳來她與另外兩人的死訊。

【NO. 9 趙泳旻：確認死亡。餘下人數：12人。】

【NO.22 倪心娸：確認死亡。餘下人數：11人。】

【NO. 4 何書萌：確認死亡。餘下人數：10人。】

「林尚斌？『高塔』？」韓品儒困惑地喃喃自語，「對了，林尚斌持有的塔羅牌是『高塔』，那三道閃電難道是……」

「高塔」的牌面圖案是一座被閃電擊中的塔樓，能力正是持有者可召喚閃電攻擊其他玩家，但必須在非室內的場所使用，每名玩家只限使用一次。

「我們已經快要脫離這個遊戲了，林尚斌為什麼還要這樣？對了，何書萌剛才還提到其他事情……」

他順著何書萌的手指方向望過去，發現靠近水塔的某個地方散落了一些紙張。

他把那些紙拿起，隨即發現了不對勁。

除了一張張何書萌給他們看過的圖畫，裡面還夾了一本素描簿。素描簿的封面有不少破損之處，看來經歷了許多歲月，裡面大部分的紙頁已被撕下，只剩寥寥幾張。

仔細一瞧，那些撕痕很新，好像是最近才撕掉的，把紙張和素描簿拼在一起，果然對得上。

「難道……何書萌給我們看的紙是從這本素描簿撕下來的？她爲什麼要這麼做？」

韓品儒翻看仍留在素描簿上的最後幾頁紙，發現「聖杯」的大洪水原來不是最後的事件，在那之後還有其他圖畫。

倒數第五頁畫了二十二名學生，每人手上各拿著一張塔羅牌，臉上全都露出燦爛的笑容，在學校大門口等待著遊戲結束。

下一頁，映入眼簾的卻只有一些不規則的褐色汙跡，除此再無其他。繼續往後翻，僅僅剩下空白的紙頁，可見那些汙跡便是最後一幅畫。

這是什麼意思？那個學生爲什麼不把離開學校的景象也畫出來？

韓品儒突然意識到一個可怕的可能，背上似有千百條毛蟲爬過。

——那個學生是畫不出來。

這些褐色汙跡其實是血跡，聖楓七大怪談的其中一個是「圖書館裡藏著死者的血書」，這或許正是那本血書。

這名學生最後還是死了，他們雖然找到了所有塔羅牌，熬過了「生命樹」和「聖杯」的浩劫，卻依舊無法勝出塔羅遊戲。

韓品儒在腦中梳理著事情的來龍去脈。

四十年前，那些學生跟他們有著相同的想法，即使遊戲規則言明持有最多牌的三人才能活下去，但他們認爲只要大家持有相同數量的牌，便能並列第一名，那就不會有任何犧牲者。

雖然他們努力達成了目標，然而還是被遊戲奪走了性命，而且應該不只有畫圖的人死去，因為他們每人皆持有一張牌，若畫圖的人死了，其他人也無法倖免。

也就是說，並列第一名的做法不可行，塔羅遊戲不會承認這種不夠正統的勝利。僅有三個人能夠勝出遊戲，他們必須遵守規則，努力收集塔羅牌，成為持有最多牌的三個人之一。

原來打從一開始就不存在共存共活的結局，全班二十五名同學中，必定會有二十二個人死去。

何書萌是個心地善良、想法天真的女孩，她在圖書館發現了這本素描簿、得知悲慘的結局後，多半是害怕大家一旦知情會演變成自相殘殺的局面，於是便把素描簿藏了起來。

如果可以，何書萌肯定永遠都不想把素描簿公開，可是「生命樹」和「聖杯」會造成重大災難，要是不提醒大家的話，也將導致許多人死去，於是她藏起了結局的部分，只撕下前面的紙頁給大家看。

韓品儒想像著剛剛在這個頂樓發生的事。

按照倪心婭和何書萌的死狀來看，她們之間似乎發生過某種爭執。有很大的機率是倪心婭意外看見了何書萌藏起來的素描簿，搶過來翻閱後，得知了真正的結局，於是抓住何書萌責備質問她。

至於林尚斌知曉了遊戲的真正結局又會怎麼做呢？為了勝出，他大概是立刻果斷地使用了「高塔」對付何書萌、倪心婭和趙泳旻，並將他們的塔羅牌據為己有。

韓品儒小心地檢查死去三人的屍身，發現本應屬於他們的「正義」、「戀人」和「節制」全部不翼而飛，證明了林尚斌確實是為了奪取塔羅牌而殺死他們。

韓品儒深深感受到林尚斌的危險，於是趕緊傳訊警告其他人。

「林尚斌使用『高塔』殺了三個人，奪走了他們的塔羅牌，他很可能會繼續殺人，大家一定要小心提防他！」

按下發送鍵後，韓品儒期待會很快收到李宥翔、溫郁謙、宋櫻或是其他人的回覆，但是他等了又等，卻音訊全無。

他焦急萬分，再也無法呆等下去，便動身去尋找其他人。

✡

深夜的校舍裡陰森得和鬼屋一樣，韓品儒一步一驚心地走著，既要提防不知潛伏在何處的林尚斌，又要留心腳下的各種雜物。他左邊的鞋底被某種銳利的物品割破了，不知是窗玻璃的碎片，或是燃燒瓶的殘骸。

他從第三校舍的頂樓出發，一層一層地往下走，抵達三樓的時候，忽然聽見社團活動室裡傳出了奇怪的聲音。停下細聽，那居然是……某種不健全活動的聲音？

韓品儒不禁面紅耳赤，對於十七年來都沒有交過女朋友的他而言，活春宮實在有點太刺激了。

現在都什麼時候了，究竟是誰還有這種心情……

雖然明白這樣做並不道德，韓品儒仍是按捺不住少男情懷，偷偷地把耳朵貼上了門縫。

「尙斌同學……」

那是裴雪姬的聲音，聽說話內容，她的對象竟是林尙斌，這個奇妙的組合令韓品儒很是詫異。

韓品儒想起今天早上，裴雪姬用「戀人」控制林尙斌時，連吻他的嘴都勉爲其難，很難相信她的態度會轉變得這麼快。接著，他又想起林尙斌稍早以「高塔」殺死了頂樓的三人，並且拿走他們的塔羅牌，其中一張正是「戀人」。難道……

裴雪姬今早用「戀人」把林尙斌奴隸化，現在卻反被林尙斌變成奴隸並且侵犯，可說是因果報應，可是這種報應未免太殘酷了。

另一方面，林尙斌趁火打劫襲擊女同學，人格簡直低劣到無可再低，韓品儒相當不齒他的所爲。

社團活動室裡的聲音慢慢靜了下來，裡頭的人似乎察覺到了外面的異樣。

韓品儒緊張地呑了口唾液，把手電筒調亮了些，確保等等不會因爲看不清對方而無法使用「皇帝」後，便打開社團活動室的門。

首先映入眼簾的是衣衫不整的裴雪姬，被她奪走目光的同時，韓品儒的頭部忽然被某樣物品狠狠砸中，眼前頓時發黑。

「去死吧！」

林尙斌從韓品儒的視線死角發動突襲，用椅子猛烈地毆打他，接著裴雪姬也加入戰局，拿起另一張椅子狂砸。

「嗚啊！我……我命令你們立刻……呃！」

在兩人毫不留情的夾擊之下，韓品儒連一句完整的話也無法說完，不出一會就血流滿面、遍體鱗傷地倒在地上。

林尙斌彎下來搜身，拿走了他的「皇帝」。

「雪姬妳做得很好，這傢伙居然這麼不識時務，打斷我們的好事，不過多虧他自動送上門，讓我入手了『皇帝』。」

「尙斌同學，你要怎麼獎勵人家？」裴雪姬拖著尾音甜甜地撒嬌。

「妳想要什麼？」

「你殺了頂樓那些人，不是拿到三張塔羅牌嗎？現在又得到了『皇帝』，再加上你本來就持有的『高塔』，你總共有五張牌，最少也要分兩張給人家。」

「好吧，如果妳乖乖聽話，我會在遊戲快要結束前分牌給妳。」林尙斌同意，「說起來，我明明沒在妳身上使用『戀人』，妳卻依然主動向我示好，妳……爲什麼要這麼做？」

「其實人家一直都喜歡著尙斌同學喔，之前人家就是爲了得到你的愛，才對你使用『戀人』的。」裴雪姬以甜膩的嗓音說。

「原來是因爲這樣……」林尙斌喃喃說著，下一秒眼裡卻露出凶光，「所以，妳直到現在還是認爲我很好騙嗎？」

裴雪姬被他突然轉變的態度嚇了一跳，嘴角勉強扯出一絲微笑。

「尚、尚斌同學，你在說什麼呢……」

「今天早上妳把我當成奴隸來耍，妳以爲我會再中計？妳現在肯定在心裡嘲笑著我對不對？妳這個婊子！」

林尚斌毫不客氣地往裴雪姬臉上揍了一拳，之後又扯著她的頭髮，把她的頭往牆上猛撞，社團活動室裡響起接連不斷的「咚咚」聲。

「我……沒……嗚嗚……」裴雪姬發出悲鳴，「不要……嗚啊！」

這個發展頗出韓品儒的意料，雖然他先前便隱約察覺林尚斌有暴力成癮的傾向，但沒想到他會這樣毒打一名女生。裴雪姬以爲能夠再次憑藉美貌使林尚斌臣服，卻栽了個跟頭。

不過韓品儒沒空去理會別人的事了，他的視野正在變窄，意識逐漸遠去，整個人緩緩地墜入了黑暗的深淵——

✡

「呃……」

不知過了多久，韓品儒終於摸著陣陣抽痛的後腦醒來。

他不敢相信自己竟仍活著，林尚斌大概是以爲他被打死了，而且塔羅牌也到手，所以沒有再補刀。

他取出手機，現在差不多是清晨六點，他昏迷了足足一小時，距離遊戲結束只剩下三個多小時。

【您有三則未讀的訊息。】

螢幕的通知區域出現了這行字句，韓品儒不禁呼吸一窒。

這會是塔羅遊戲的死亡通知嗎？現在只剩下十個人，這次又是哪三個人死了？不，也有可能是宥翔或郁謙給我的訊息，不要自己嚇自己……

進行了一番心理建設後，韓品儒終於鼓起勇氣點開。

「不！」

當他看到訊息中的第一個人名，立刻發出了撕裂喉嚨似的痛苦悲鳴。

【NO.19 溫郁謙：確認死亡。餘下人數：9人。】

【NO.14 佟人杰：確認死亡。餘下人數：8人。】

【NO.11 武唯伊：確認死亡。餘下人數：7人。】

「郁謙……爲什麼……」韓品儒無法抑制地流下淚來。

在韓品儒、李宥翔和溫郁謙這三個人組成的小團體裡，溫郁謙是性格最開朗活潑的一位。

他既不似李宥翔那般冷靜自持，也不像韓品儒一樣膽小文弱，總是坦率地表達自己的意見，同時不吝嗇對朋友的關心，是個講義氣的人。

「到底是誰……」

韓品儒腦海裡閃過林尚斌陰險暴戾的面容，這個人為了得到塔羅牌，沒有什麼事情是做不出來的，溫郁謙和其他人十有八九是死在他手上。

「郁謙，我會為你報仇的。」他咬著牙，「一定會。」

雖說要報仇，但以他目前的力量肯定辦不到，只會落得再次被毆打甚至殺死的下場，於是他決定先跟李宥翔會合。

由於傳給李宥翔的訊息始終沒有回音，因此韓品儒決定直接走遍全校去把好友找出來。

離開社團活動室，他一邊小心傾聽著四周的聲響，一邊在校舍展開緩慢且謹慎的探索。

來到第三校舍的一樓，他走進教職員室，並在裡面發現了栗髮男孩的屍體——正是溫郁謙。

看到訊息是一回事，親眼目睹遺體又是另一回事，韓品儒再度失聲痛哭起來。

只見溫郁謙倒在某位老師的辦公桌旁邊，左胸有道深刻的刀傷，鮮血已開始凝固，看起來是被人從正面刺中，這也是他全身上下唯一一道傷口。不知為何，溫郁謙身上沒半點反抗或掙扎的痕跡。

韓品儒接著又檢查溫郁謙的口袋，並未發現他所持有的「星星」，應該是被兇手拿走了。

他想起溫郁謙多半是和李宥翔一起行動的，溫郁謙被人殺害，只怕李宥翔也凶多吉少。

溫郁謙的死已經讓韓品儒感覺天崩地裂，要是連李宥翔也死了，恐怕他不會再有活下去的勇氣。

仔細觀察溫郁謙毫無血色的臉龐，上面似乎隱隱帶著淚痕。

想像著好友死前最後一刻的心情，韓品儒只覺心如刀割。溫郁謙那時的心情到底是怎樣的呢？是恐懼、痛苦、悲傷，還是……

韓品儒從口袋裡拿出一包被壓壞了的水果軟糖，塞進溫郁謙手裡。

其他人的零食他一包都沒有帶上，唯獨這包溫郁謙點名要吃的水果軟糖，他始終帶著，準備在見到溫郁謙的時候交給對方。

可是，溫郁謙再也無法吃到了。

郁謙，你一定要保佑我，無論如何我都會爲你報仇！

韓品儒對著溫郁謙的屍身暗暗起誓。

離開教職員室，韓品儒繼續向校舍的其他地方邁進，從第三校舍前往第二校舍。

他逐層搜索，當踏進五樓的走廊時，覺得鞋底滑滑的，原來是踩中了一灘鮮血，頓時心臟一緊。

仔細一瞧，走廊的地板上有道長長的血跡，他追蹤著血跡來到視聽教室，卻發現教室的門被人從裡面反鎖了。

以出血量來看，對方應該受了很嚴重的傷，卻仍是堅持著逃到視聽教室裡頭，再反鎖上門阻止敵人進入。

視聽教室有個對著走廊的窗口，位置十分靠近天花板，於是韓品儒從工具室搬來一道梯子爬了進去。

他在教室地上發現一名倒臥在血泊中的女孩，是武唯伊。

韓品儒檢查她的傷勢，武唯伊是被人從後方捅了一刀，失血過多而死的。

她的右手拿著手機，螢幕還未關掉，上面顯示著塔羅遊戲程式內撰寫訊息的畫面。訊息的收件者一欄勾選了歐陽奈奈，內容僅有一個簡單的「2」字。

她大概是因爲耗盡了力氣，連發送鍵也按不下去。

2……這是什麼意思？她想表達什麼？兩個人？

韓品儒揣摩著武唯伊死前的想法。

按照現場環境來看，她顯然是被某個人追殺才逃到了視聽教室裡，她可能知道襲擊她的人是誰，於是急於向好友歐陽奈奈示警。最理想的做法當然是把那個人的名字完整輸入，可是她沒餘力這樣做。

除了名字，還有什麼方法可以透露一個人的身分？答案很簡單，他們是學生，那當然就是座號了。

二年一班2號，是陳日峰。

難道殺死武唯伊，甚至殺死溫郁謙的人就是陳日峰？

韓品儒有點難以置信，陳日峰並不像會做這種事的人。但想了想，他又認爲既然林尙斌都大開殺戒了，其他人爲了自保先下手爲強也不足爲奇。

他深深感受到如今已經沒有幾個可以相信的人，他必須盡早找到李宥翔。

雖然查看死者的隨身物品並不道德，可爲了確認塔羅牌的去向，韓品儒仍是翻了下武唯伊的口袋，結果發現了「皇后」。

請讓我借用妳的塔羅牌，我會用它來爲妳討回公道。

韓品儒默默地對武唯伊說。

之後，他繼續往樓上走，來到了第二校舍六樓。他小心翼翼地踏進圖書館，只見這裡跟其他地方一樣，也被洪水摧殘得面目全非，書櫃東倒西歪，遍地都是溼透的書本。

某處傳來痛苦的呻吟，他四處尋找，發現聲音來源是個被書櫃壓著的人。

韓品儒趕緊跑過去，勉強把沉重的書櫃移開了些，只見那人原來是歐陽奈奈。她嬌小的身軀被壓得變形，骨頭刺穿了皮膚，恐怕是活不去了。

「奈、奈奈同學……」

歐陽奈奈稍稍抬起了眼皮，「呃……品……品儒同學……是你嗎……」

「妳、妳要振作一點，一定要努力撐下去！遊、遊戲快要結束了，我們馬上就可以離開學校了！」

韓品儒立即爲她進行急救，無奈她的傷勢太嚴重，遠遠超出了他的能力範圍。

「到、到底是誰對妳做出這樣的事……」

「不知道……剛才奈奈和小伊在校舍裡走著……我們怕被發現……沒有開手電筒……之後小伊突然用力推開奈奈……叫奈奈去搬救兵……奈奈聽到她好像在和誰打鬥……」

歐陽奈奈說著，哭了起來。

「嗚嗚……奈奈是不是做錯了……奈奈不應該去搬救兵……而是留下來陪著小伊……小伊怎麼還不來找奈奈……嗚嗚……」

聽起來歐陽奈奈還不曉得武唯伊已經死了，韓品儒不忍心把眞相告訴她。

「我、我剛才碰到了武唯伊，她……她受了點傷，不過沒有太大問題。那、那接下來發生了什麼事？爲什麼妳會受傷？」

「奈奈跑上六樓後……聽到有人邊說話邊走過來……好像是林尙斌……還有裴雪姬……」

韓品儒暗忖林尙斌和裴雪姬這兩人原來還在一起，按照先前發生的事來推斷，裴雪姬大概是淪爲了林尙斌的跟班。

「於是奈奈先躲到圖書館裡……等了一會……他們似乎是走了……然後……奈奈聽到另一個人的腳步聲……」

「妳、妳怎知道是另一個人？會不會是林尙斌或裴雪姬又回來了？」

「不是裴雪姬……那是男生的腳步聲……雖然這麼說有點奇怪……可是那個人的腳步聲很好聽……每一步的節奏都很有規律……很平穩……跟林尙斌那種浮躁的腳步聲完全不同……那個人接著進來圖書館……把書櫃推倒在奈奈身上……林尙斌和裴雪姬大概因爲聽見

聲音……又過來了……那個人匆忙離開……再接著……品儒同學你就……對了……奈奈的『吊人』還在……品儒同學你拿去……咳……」

「妳、妳還是不要說話了，先休息一下吧。」

「不……停下來的話……咳……奈奈就會……睡著了……」

歐陽奈奈說著，垂下了洋娃娃般又長又翹的睫毛。

「品儒同學……可不可以留在這裡……陪奈奈一陣子……」

「可、可以的，妳想要我陪妳多久都沒問題。」

韓品儒心裡明白，歐陽奈奈的時間不多了。

「品儒同學你眞好……說起來，奈奈好像還沒說過爲什麼會喜歡你呢……」

歐陽奈奈露出微笑。

「你可能不記得了……幾個禮拜前……也是在這個圖書館裡……奈奈捧著很多書……不小心撞上你……可是你一點也不生氣……還結巴地問奈奈有沒有受傷……幫奈奈把書撿起來……從那時候起……奈奈就……喜歡你了……咳……」

「似、似乎是有這件事。不過妳單憑這件事就喜歡我，會不會有點……草率？」

韓品儒有些哭笑不得。

「對啊……小伊也覺得奈奈很奇怪……明明品儒同學既不高大……又不帥氣……也不聰明……還會口吃……」

韓品儒雖然有自知之明，但是聽女生這樣吐槽自己，還是會有種想躲到角落畫圈圈的衝動。

「可是……奈奈就是喜歡你……很喜歡……溫柔善良的品儒同學……」

這種莫名其妙的傾慕，大概只有戀愛中的少女才會明白。喜歡一個人，往往只需要一個感動的瞬間，一小簇火苗就足以把整個世界照亮。

「品儒同學……奈奈好像快要睡著了……最後……奈奈想再問一次……」

「嗯？」

「你……可以當奈奈的王子殿下嗎？」

韓品儒沉默了一下，「聽、聽說……對救命恩人以身相許是常識。」

歐陽奈奈「噗」一聲笑了出來。

「那……我們來牽手吧……」

韓品儒輕輕地握住歐陽奈奈變得冰冷的小手。

如果這是她最後的願望，他願意化身爲她的王子，他會待她如公主，這個漆黑潮溼的圖書館便是他們的城堡。

他們隨意地聊天，聊她和武唯伊之間發生過的趣事糗事、她養的兩隻博美犬、她最近想看的電影和漫畫、她最喜歡的馬卡龍口味……

直至她睡著了爲止。

【NO.13 歐陽奈奈：確認死亡。餘下人數：6人。】

「晚、晚安，祝妳有個好夢……奈奈。」

✡

離開圖書館回到走廊，晚風從玻璃破裂的窗戶吹了進來，韓品儒只感到臉上一片冰涼。伸手一摸，他不知何時流了滿臉的淚。

奔波了一整天，他的心情大起大落，到了這時候已經近乎虛脫，整個人陷入了恍惚狀態。他原本是逐個校舍逐個樓層地進行搜索，如今則像無頭蒼蠅般在校舍裡亂鑽，只要有路便走，也不管會走到哪裡去。

當來到第四校舍時，他在走廊再次看見了陸博文的遺體。

他想起陸博文之前所說的話，陸博文已證實劉威不是傷害自己的兇手，而且陸博文手上還掌握了足以證明兇手身分的關鍵物品。

韓品儒原本相當怕血，但在跟鮮血和屍體打了一整天的交道後，他現在對於屍體幾乎無感了。他翻開陸博文的口袋，發現了一個染有血跡的小巧金屬物，卻沒找到屬於陸博文的「愚者」塔羅牌，大概是被誰拿走了。

他檢視著那個金屬物，覺得莫名眼熟，一時之間卻想不起在哪裡看過，於是先把東西帶走，在漆黑的校舍裡重新前進。

順著樓梯往下走，韓品儒到達了一樓，站在這裡往窗外看，可望見屹立在中庭的天使雕像。

在月色的映照下，灰白色的大理石雕像宛如鍍上了一層淡淡的銀光。

——中庭的天使雕像會在深夜變成惡魔。

韓品儒忽然想起這則怪談，不禁有點毛骨悚然。他再瞥了雕像一眼，突然「啊」一聲叫了出來。

天使的頭上眞的生出了一雙惡魔的角。

接著，他才發現這純粹是錯覺，因爲從他站立的角度望去，天使的雙翼正好對到頭部，所以就看成頭上長角了。

韓品儒鬆了口氣，接著步出校舍，往中庭走了過去。

近距離地觀看，差不多兩層樓高的天使雕像更顯得氣勢逼人。這座雕像除了用來裝飾庭園，也是一座紀念碑，雕像的底座刻著文字，以年表的方式記述這所高中的歷史。

一九〇〇年 獻己會成立，同年於京司市創辦聖楓高中。

一九四〇年 聖楓高中成立四十年。

一九八〇年 聖楓高中成立八十年。

二〇二〇年 聖楓高中成立一百二十年。

最後一行字的痕跡很新，明顯是近期鑿上去的。

「對了，今年是建校一百二十週年，之前才辦過校慶。」韓品儒喃喃地說，「一九四〇年、一九八〇年、二〇二〇年……爲什麼要特別記錄這些年份？而且都相隔四十年？獻己會……這好像是辦學團體的名稱……」

韓品儒下意識地認爲這些紀錄跟塔羅遊戲背後的眞相有關，但究竟是哪方面的關聯卻又說不上來。隨著謎團進一步擴大，內心的不安亦不斷膨脹。

雖然天使雕像並未如怪談所說的那樣變成惡魔，他仍然無法從雕像身上感受到半點神聖和慈愛。天使那雙彎成弧形的眼睛令人很不舒服，歪到一邊的頭也彷若在嘲笑著什麼。

他打了個寒顫，之後便離開中庭回到校舍裡。

✡

「你在哪裡？」

「我們約個地方見面吧。」

「我去二年一班的教室等你，好嗎？」

「回覆一下吧，即使是一個字也好。」

「宥翔，求求你了，告訴我你還安好吧！」

韓品儒持續地到處尋找李宥翔，並不斷發送訊息，然而無論傳了多少則訊息依舊石沉大海，他的一顆心也漸漸沉了下去。

程式沒有發布李宥翔死亡的通知訊息，證明了對方一定還活著。難道他正處於無法回覆的狀態？是暈倒了？還是……

韓品儒無法控制腦袋裡的胡思亂想。

他決定不再浪費力氣漫無目的地尋找李宥翔了，他的體力已然透支，要不是憑著一股信念，早已倒地不起。

正想著先找個地方休息一下的時候，他發現自己剛好來到了二年一班教室門口。

走進面無全非的教室，環顧著不再熟悉的一切，如果沒有門外那個寫著「二年一班」的牌子，他實在無法相信這裡就是他昨天還在上課的教室。

站在教室裡，回想著每個逝去的同學，韓品儒不禁悲從中來，跪在地上慟哭起來。

神啊，求求祢了！把大家還給我吧！

過了一會，開門的聲音忽然傳來，他轉過頭去，出現在教室門邊的正是他最期待見到的那個人。

「宥翔！」

「品儒，你果然在這裡。」李宥翔一副如釋重負的樣子，「對不起，我之前把手機關掉了，剛剛才發現你傳了這麼多則訊息給我。」

「你平安無事就好了，郁謙他……」韓品儒忍不住哽咽。

「我有看到遊戲的通知，郁謙他……死了，還有許多同學也是。」李宥翔露出沉痛的表情，「現在還活著的只剩下我、你、陳日峰、林尚斌、裴雪姬和宋櫻六個人。」

「郁謙他……是被人用刀捅進胸口殺死的，武唯伊好像也是同一個人下的手。」

李宥翔點點頭，「兇手的身分……你有頭緒嗎？」

「林尚斌為了得到塔羅牌不惜殺害同學，他的嫌疑肯定最大。可是我在武唯伊的手機裡發現一則尚未發送的訊息，內容只有一個『2』字，似乎是在暗示陳日峰是殺她的兇手。」

韓品儒說著，想起了何書萌的素描簿。

「對了，原來何書萌給我們看的圖畫是她從某本素描簿撕下來的，我看了那本素描簿後，終於得知了遊戲眞正的結局。」

「眞正的結局？那是怎樣？」

韓品儒把自己看到的內容全都告訴李宥翔，但李宥翔聽完並不顯得吃驚。

「當年所有參加遊戲的學生都死掉了，宥翔你不覺得驚訝嗎？」

「是的，我不覺得驚訝，因為我大概猜到了會是這樣。」

李宥翔沉著地表示。

「你還記得我之前說過要去查看學生名冊等資料嗎？我剛才去了趟學生會室，雖然不少文件被泡爛了，還是可以勉強閱讀。年代太遠的不說，一九七〇年以來，所有年份的班級資料都找得到，唯獨少了一九八〇年度的二年一班。關於那個班級的資料消失得一乾二淨，彷彿有誰刻意銷毀了似的。」

聽了李宥翔的說明，韓品儒更加覺得這一切越來越深不可測。

「那個，你和郁謙還有其他人，不是說要去回收死去同學們身上的塔羅牌嗎？你們回收得怎樣？」韓品儒問道。

「我們沒有回收到任何卡牌，因爲我們只找了一陣子，便看到了頂樓上的閃電。」李宥翔回答。

「我記得降下閃電是『高塔』的能力，持有者是林尙斌。當時雖然不清楚他爲什麼會選擇攻擊其他人，不過除了奪取塔羅牌外，多半不會有其他目的，如此一來，他就變得跟之前的鄭俊譽一樣危險了。大家都想趕快去頂樓確認發生了什麼事，但我怕林尙斌會在那邊埋伏，於是建議先觀察一下情況再行動。」

韓品儒想到自己一看見閃電就衝向頂樓，堪稱魯莽，李宥翔果然比他謹慎多了。

「後來我們收到你的訊息，進一步確定了下手的正是林尙斌。大家早就累積了不少壓力，得知有人明目張膽地殺人奪牌都很害怕，並且互相忌憚起來。陳日峰和佟人杰爲了一點小事大打出手，裴雪姬趁亂跑走，武唯伊和歐陽奈奈也執意離開，就連我和郁謙也在黑暗中失散了。我想過傳訊息跟你聯絡，可是我想起你先前正是由於手機響起，而被鄭俊譽發現位置，要是我傳訊息給你，可能會害你被人逮住，而且我也害怕接收訊息會暴露行蹤，於是索性把電源關了。」

韓品儒這才驚覺自己不斷傳訊息給李宥翔的行爲，某種程度而言可能會害死好友，不禁額角冒汗。

「沒想到我和郁謙分開之後，他就遇害了，下手的人有很大機會也是林尙斌。」李宥翔深深嘆氣，「我們絕對不能讓林尚斌勝出這個遊戲，只是他持有不少塔羅牌，恐怕不易對付。」

「嗯，林尚斌應該至少有七張塔羅牌，除了他原本就有的『高塔』，他還從其他人身上奪取了『節制』、『戀人』、『正義』、『皇帝』和『星星』。」

「『皇帝』不是由你持有的嗎？怎麼會落在他手上？」

於是韓品儒說明了一下稍早發生的事。

「嗯，我明白了。」李宥翔點點頭，「你估算的卡牌數量可能還樂觀了，林尚斌說不定連死去同學身上的四張牌都拿到了手，再加上被趙泳旻弄丟的牌，最壞的情況是，他總共持有十二張牌。」

「十二張牌……那我們根本毫無勝算。」韓品儒喃喃說，「我目前只有『吊人』和『皇后』這兩張牌，除非我能用『皇后』一舉把『皇帝』奪過來，否則不可能逆轉局勢。」

「『皇后』的能力是持有者可奪走視線內所有玩家的隨機一張卡牌，每名玩家只限使用一次。

「雖然林尚斌持有很多牌，但不是每張都實用。認眞算起來，最有用的是『皇帝』、『隱者』、『戰車』、『力量』這幾張，我們針對這些牌思考對策即可。」

李宥翔分析道。

「如果能夠把『皇帝』搶過來固然是好，不過搶不到也不必過於悲觀。『皇帝』並非沒有弱點，正如品儒你之前的遭遇一樣，只要從視線範圍外偷襲，且使用武力之類的手段讓持有者無法開口，就可以輕易打倒『皇帝』，其他需要唸出發動語的卡牌也是同理。」

「這麼一來，我們不能沒有武器。」韓品儒說，「可是，如果林尚斌用『隱者』躲藏起來，我們還是拿他沒辦法……」

「時間剩下不多了，繼續假設下去沒完沒了，總之先去找武器，然後見機行事吧。」李宥翔當機立斷。

來到位於第二校舍四樓的家政教室，兩人分頭尋找可充作武器的工具。既然林尚斌已經動手殺人，他們也不必再跟對方客氣。

「啊！」韓品儒腳底突然一陣刺痛。

「怎麼了？」

「我好像踩到了……破掉的碗碟？唉，之前我在走廊也踩中過碎玻璃，都數不清是第幾次了。」

「嗯，那你小心點，這邊的地面也有很多碎片。」

韓品儒雖已將手電筒調到最亮，仍是難以看清四周環境，相反的，沒有使用任何照明工具的李宥翔卻並未受黑暗所影響，很快就找到了一套刀具。

「找到了，這邊剛好有一套剖魚刀。這種尖長的刀相當鋒利，隨意拿著可能會傷到自己，我們用抹布包起來當刀鞘用吧。」

李宥翔說著，又去教室的另一邊拿了兩條抹布。

韓品儒突然感覺有什麼地方不太對勁，可是又說不上來。

「品儒？」李宥翔問。

「啊，沒事。宥翔，你刀和抹布都拿了？那我們去找林尚斌吧。」

「你是不是累了？要不我們稍微休息下吧。雖然剩下的時間不多，休息個五分鐘還是可以的。」

「不，我不累。我們快點把任務完成吧。」

於是他們離開了家政教室。

「品儒，你可以走慢一點，不用勉強自己。」李宥翔說，「我會替你注意地面，你跟著我走就可以了。」

雖然時間差不多是早上七點了，窗外依然一片昏暗，校舍裡面更是能用伸手不見五指來形容。

在隧道般漆黑的走廊上，兩名被可怕遊戲折磨得身心俱疲的少年，一前一後地慢慢走著。

爲什麼宥翔在這麼暗的環境也看得到路？還有陸博文發現的那個金屬物，現在想起來不就是……難道他……不，這不可能，宥翔絕對不會這樣做的。

韓品儒此刻的忐忑遠勝於今天的其他任何時候。

無論是今早發現被捲入遊戲時、目睹巫綺蕾自殺時、被鄭俊譽命令從六樓掉下去時、看著生命樹殘殺同學時……

他的心臟都不曾像現在這樣瘋狂地跳動，幾乎撞得得他胸骨發疼。

韓品儒注視著走在他前方的少年，那修長挺直的背影。

大概是因爲從小受到良好的家庭教育，李宥翔走路的樣子與一般高中男生不太相同，即使身上有傷，他的姿態仍然穩重，不疾不徐，沒有絲毫輕佻浮躁。

歐陽奈奈說過的話在韓品儒腦中響起。

「雖然這麼說有點奇怪……可是那個人的腳步聲很好聽……每一步的節奏都很有規律……很平穩……」

不可能……這是不可能的……可是……

「怎麼了？」

聽到身後的腳步聲倏地停止，李宥翔也跟著駐足回首。

「宥翔，那個……我可以碰你一下嗎？」韓品儒低聲問。

「怎麼了？」李宥翔淡淡地說。

「可以嗎？只是……碰一下。」

李宥翔沒有表達拒絕，於是韓品儒走向他，伸手觸碰他的手臂。

剎那間，韓品儒眼前出現了繁星無數，黑暗的走廊化爲如夢似幻的銀河。明明是無與倫比的絕景，此刻卻成了最殘酷的景象。

他放開李宥翔，沉默了一會，用極其苦澀的聲音問：「宥翔你……爲什麼會持有『星星』？」

「爲什麼你會這麼問？」李宥翔平靜地反問，「還是說……你已經有了答案？」

「『星星』……是郁謙持有的牌。」

韓品儒漸漸紅了眼眶。

「我很在意是誰分到了這張本來屬於巫綺蕾的牌，因此一直記住了這件事，而且之前郁謙也曾經借過這張牌給我用。郁謙是被……某個人殺害的。遊戲即將結束，殺他的人除了覬覦他的塔羅牌，不會有其他動機。換句話說，殺他的人，不可能不拿他的牌，誰拿了他的牌，誰就是殺他的人。」

「也可能是兇手怕東窗事發，來不及拿牌就逃走了，結果被另一個人撿了便宜？」李宥翔冷靜地提出這個可能。

「是有這個可能。但郁謙死於被人正面刺中胸口，而他完全沒有反抗或掙扎，這不是隨便哪個人都辦得到的。在林尚斌使用『高塔』殺人後，幾乎每個人都不再相信他人，對接近自己的人充滿戒心，郁謙之所以會讓兇手正面接近自己，那是因爲對方是他最信任的人，最親密的朋友……我或是你。」

李宥翔面無表情靜靜聽著，於是韓品儒接著說下去。他明白要是不在這裡把話說開，他和李宥翔就無法再繼續相處了。

「我起初以爲殺死武唯伊的是陳日峰，因爲武唯伊在訊息裡留下了一個『2』字。但現在想想，她指的不一定是座號2號的陳日峰，也可能是座號23號的……李宥翔，只是來不及打完就斷氣了。還有，歐陽奈奈在死前聽見了兇手的腳步聲，按照她的形容，除了你之外我想不出其他人。」

韓品儒一字一句地說完，感覺心裡也有什麼一點一點地跟著死去了。

「宥翔，快告訴我這些推測都是錯的吧，給我一個合理的解釋吧！」

李宥翔在黑暗中安靜地佇立，沒有動彈，沒有說話，也沒有表情。

韓品儒想起了宋櫻對李宥翔的形容，後頸沁出冷汗，徹骨的寒意一點一滴將他侵蝕。

由於五官比例堪稱完美，當表情從李宥翔臉上褪去的時候，他簡直就是一尊不折不扣的人偶。所謂的皮膚是白色的瓷片，睫毛下方是黑色的玻璃珠，完全沒有人類應有的情緒和溫度。

「宥翔？」

韓品儒注視著李宥翔的雙眼，突然荒誕地覺得人偶師是不是忘了吹氣進李宥翔的身體。

李宥翔仍一動也不動，他甚至連眼睛也沒有眨。

「宥翔，你說話吧，解釋吧！求求你了！」

「想不到你居然會懷疑我是兇手，說實在的，這讓我有點失望。你想要解釋的話，我給你好了。」

過了一會，李宥翔終於開口，聲音不帶一絲情感，彷彿是個正在模仿人類說話的機器人。

「首先，『星星』是郁謙自己交給我的，因為我說想借來用一下，他便借我了。我們在混亂中失散後，我就沒再見過他了。至於為什麼他會被人從正面刺中胸口而死，大概是由於當時一片漆黑，他沒注意到對方正在向他走來吧。

其次，武唯伊可能只是在死前不小心摸到手機鍵盤，無意中按下一個數字，並沒有特別的意思。再說，座號以2開頭的不只我和陳日峰，林尚斌也是，他的座號是24號。至於歐陽奈奈聽見的腳步聲什麼的，作為證據不覺得太牽強了嗎？

最後，雖然你對我提出了許多質問，但不客氣地說一句，你也有可能是兇手。不過我依舊認為林尚斌的嫌疑最大，你也見到他是怎樣對付頂樓上的人了吧？他再把其他人殺了一點都不奇怪。」

李宥翔頓了頓，「我這樣解釋，你可滿意？」

韓品儒沉默了一會，之後從口袋裡掏出一個染血的小巧金屬物，遞給李宥翔。

「那麼這個……你又該怎樣解釋呢？這是陸博文在教材室撿到的。」

李宥翔望著那個金屬物——只有聖楓高中學生會長才有資格配戴的徽章。於是，他再度陷入了沉默。

兩人一言不發地對立著，時間彷彿就此凝滯，過了好一會，李宥翔才轉過身去。

「時間不多，我們快點去把林尚斌和裴雪姬找出來吧。」

兩人像什麼事都沒發生過一樣，回到了幾分鐘前的狀態，李宥翔在前面走著，韓品儒在後面亦步亦趨。

多麼奇怪的局面。

即使李宥翔逐一否認了韓品儒的指控，然而種種跡象皆顯示，兇手不是他的可能性極低，而最後的沉默，更是默認了他就是起初企圖殺害陸博文的兇手。

兩人都很清楚，他們的友情已經被方才的對質徹底粉碎，只是他們一時之間都無法接受。

韓品儒望著李宥翔在黑暗中忽隱忽現的背影，又瞧了瞧自己右手握著的凶器，某種衝動在心底悄悄湧現。

只要一刀刺下去，就可以爲郁謙報仇嗎……

「說起來，你認爲這個塔羅遊戲的致勝關鍵是什麼？」

李宥翔驀地響起的嗓音，打斷了韓品儒的思考。

「收集最多的塔羅牌？善用卡牌的能力？」韓品儒隨口回應。

「不，你弄錯了，其實不只是你，班上大部分的同學都弄錯了。你們被塔羅牌所迷惑，認爲既然有二十二張不同的牌，便覺得收集得越多越好，一旦持有的牌越多，獲勝的機會就越大。」

「難道不是這樣嗎？持有最多牌的三個人獲勝——遊戲規則是這麼說的吧？」

「不，關鍵不在於持有多少塔羅牌，而是在於能否成爲那三個人。」

李宥翔的語氣毫無感情。

「哪怕沒有牌，甚至沒有手機，只要成爲活下來的最後三人，便可以自動通關，也就是說，尋找塔羅牌只是個幌子。這個遊戲有許多攻略法，但我認爲最有效的攻略法是盡力排除其他玩家。只要其餘二十二個人不存在了，剩下的人就會自動出線。因此，與其浪費力氣去收集塔羅牌，不如想辦法讓競爭者消失。」

李宥翔這番話充分展現出何謂逆向思考。

當所有人都盲目地順從規則行動時，他卻從結論回推，自反方向尋找突破方法。

可是一般人眞的會想到用殺人這種方法嗎？究竟是怎樣冷酷無情的人，才能將人命視若草芥？

「你……是在自白嗎？」

「這是理論性的假設，我沒說過我會去做。」

「那麼……假設眞的有個人想這樣做，他的行動模式會是如何？」韓品儒以微帶諷刺的口吻詢問。

「那個人首先要做的，是隱藏自己的企圖，並且把大家的思維引導至全然相反的策略，維持表面上的和平。因爲憑他一人之力，要一次排除所有人肯定力有未逮，他必須潛伏在和平的表象下，逐一促使其他人出局。」

「所以……陸博文就成了第一個犧牲者？」韓品儒努力壓抑著悲傷。

「總要找個人來試試水溫。」李宥翔淡淡地答，「殺人這種事需要累積經驗，才能幹得乾脆俐落。那個人第一次下手時還沒抓到竅門，沒能當場把陸博文殺死，結果陸博文被多管閒事的人救了。」

「那麼巫綺蕾呢？」

韓品儒一邊說話，一邊用極緩慢的動作，把包著剖魚刀的抹布打開。

「無論巫綺蕾是否幕後黑手，她死了都是百利而無一害。幸好她本來就有自殺傾向，不需要多費工夫，競爭者就又減少了一個。」

聽聞李宥翔把巫綺蕾的死說得如此雲淡風輕，韓品儒心裡一陣難言的酸楚。

「不過比起陸博文和巫綺蕾，鄭俊譽才是最應該被排除的人吧？」他壓抑著說。

「鄭俊譽確實是個棘手的對象，如果那個人不是無意中得知了某件事，大概也束手無策。可是因爲那件事，他明白到如果倚靠韓品儒的話，或許就能找到出路。事實也證明，韓品儒並未讓他失望。」

「是嗎？」

韓品儒已經快要將整把刀完整地抽出來了。

「接下來是『生命樹』這個由遊戲方面發動的事件，這是個進一步排除其他人的好機會。」李宥翔繼續說，「只要稍微誤導一下，便能藉由『生命樹』多殺幾個人。」

韓品儒在腦海裡沙盤推演著接下來的行動：先慢慢縮短兩人之間的距離，而後果斷地把刀捅進李宥翔的身體，如果遭遇反抗，便攻擊對方的傷處……

「在『生命樹』和『聖杯』過後，遊戲方面不再出現新的事件，且距離結束時間又越來越近，因此那個人便回歸最單純直接的攻略法。如果可以，他也不想向身邊的人下手，因爲——」

李宥翔說到這裡就打住了。

「爲什麼？」韓品儒忍不住問。

李宥翔停下腳步，回過頭來望著韓品儒，吐出一句嘆息似的話語。

「因爲……是朋友。」

這句話讓韓品儒努力維持著的理智線「啪」一聲斷裂。

「朋友？你眞的有當我和郁謙是你的朋友嗎！」韓品儒悲憤地對著他大吼，「郁謙他是那麼相信你，爲什麼你要這樣對他！」

「那你要殺死我嗎？」李宥翔輕聲問。

殺死他不殺死他殺死他不殺死他殺死他不殺死他殺死他不殺死他殺死他不殺死他殺死他不殺死他殺死他不殺死他殺死他不殺死他殺死他不殺死他殺死他不殺死他殺死他不殺死他殺死他不殺死他殺死他不殺死他不殺死他殺死他……

兩種矛盾的念頭在韓品儒腦中不停地交替，他緊緊地捏著刀柄，咬牙切齒，雙眼充血，全身顫抖，在殺與不殺之間痛苦掙扎。

噹！

最終，他拋掉了那把刀。

「我以後……再也不想看到你。」

咬牙撂下這句話，他便頭也不回地離開了。

這裡是第一校舍頂樓的欄杆旁邊，韓品儒跟李宥翔分道揚鑣後，不知不覺就來到此處了。

✡

晨光從天邊乍現，微風迎面吹拂，帶來絲絲乾爽的涼意，是個典型的秋日早晨。

站在這裡眺望，可見到兩排夾道的楓樹從主校舍延伸至校門口。因爲飽經摧殘，楓樹的枝葉不像之前那樣茂密，但仍然屹立不倒，猶如一支支不肯熄滅的火炬。

「你不是想跳下去吧？」

一道屬於女性的聲音響起，韓品儒僵硬地轉過頭，映入眼簾的是宋櫻，她的一頭長髮在風中微微飄揚。

「勸你不要這麼做。」宋櫻說，「曾經有人跳樓自盡卻死不了，在床上痛苦地躺了一輩子。」

「不……我不是想跳下去，我只是……單純想站在這裡而已。」

「我還以爲你一時想不開。發生什麼事了？」

「我最好的朋友殺了我另一個朋友，然後他還殺了我的女朋友。」韓品儒低著頭回答。

宋櫻皺起眉頭，顯然覺得他語無倫次。

「你是受了什麼刺激嗎？」

「那我說得明白一點，李宥翔殺了溫郁謙和歐陽奈奈。」

韓品儒接著把事情經過向宋櫻述說了一遍。

「妳……不驚訝嗎？」

見宋櫻的表情沒有改變，韓品儒問了一句。

「殺人的是李宥翔，我一點也不感到驚訝，至少跟歐陽奈奈突然成了你的女朋友相比。」

韓品儒想起宋櫻始終看李宥翔不太順眼，以及她曾提過的恐怖谷理論，看來她確實頗有先見之明。

「妳一直躲在這裡嗎？」韓品儒問宋櫻。

「當然不是，長時間待在同一個地方實在太危險了，尤其是在這種不知道誰可以信任的情況下。我每隔一段時間就會開啟手機用『世界』觀察其他人的動向，一發現有人接近便立刻轉移位置。」

「妳說不知道誰可以信任，但妳卻出現在我面前，妳就不怕我會……殺了妳嗎？」

「你要殺我，恐怕沒那個能耐。」宋櫻眼裡閃過一絲光芒，「不過最重要的是，我很清楚你不會殺人。你是那種即使到了必須下手的時候，仍然有諸多顧忌的人。」

韓品儒有種被戳到痛處的感覺。

「爲什麼妳會這麼認爲？」

「因爲我爸也是這樣的人，而你跟他很像。」

「妳爸？」

「我爸在我出生的前一天去世，他是被幫派裡的叛徒——一個他曾經很信任的人設計殺害的。」

宋櫻淡淡地說明。

「我問過老媽，我爸到底是怎樣的一個人，她說他是隻不折不扣的草食動物，好歹也是在道上混的，卻善良軟弱得要死。雖然平時很膽小，不過在重要時刻卻會展現勇氣，而且對朋友十分信任，願意爲他們做任何事。」

韓品儒不禁對素未謀面的宋父有了親切的感覺。

「我媽還說，小櫻，要是妳將來遇到這樣的男生，千萬……」

「千萬怎麼了？」

宋櫻冷哼一聲，不知爲什麼帶了點怒意。

「我忘了。」

韓品儒的手機冷不防響起，兩人同時一凜。

【NO. 2 陳日峰：確認死亡。餘下人數：5人。】

「連陳日峰也死了……」

韓品儒神情麻木，不再因爲收到有人死去的消息而訝異。

「這麼一來，只剩下我、妳、宥翔、林尙斌和裴雪姬這五個人了。」

「剛才我去了第三校舍頂樓，看了何書萌藏起來的素描簿，原來全部的人一起活下去是不可能的事。」

宋櫻冷靜地說。

「你的手上有兩張塔羅牌，我除了『世界』以外，也找到了一張，李宥翔和林尙斌持有的牌應該比我們多。照這個情況下去，我們大概贏不了這個遊戲，要不要再次聯手，去把他們的牌搶過來？」

「我……我不想再鬥爭了。」韓品儒滿臉都是疲憊，「不管是跟宥翔鬥，還是跟林尙斌鬥。如果妳想要我的塔羅牌，儘管拿去吧。」

就在此時，他的手機又響起，當看到螢幕上的文字後，他的眼睛倏地瞪大。

「怎麼了？」宋櫻問。

「班長在我手上，要是不把塔羅牌統統交出來，我就殺死他！」

寄件者一欄顯示是李宥翔。

「哼，這只是李宥翔自導自演的綁架劇吧？不用理。」

宋櫻嗤之以鼻，但韓品儒皺起了眉。

「可以麻煩妳用『世界』查看一下宥翔的位置嗎？」

宋櫻不滿地斜了他一眼，不過還是掏出手機確認。

「他在體育館裡，然後……林尙斌和裴雪姬也在那裡。」

「那麼宥翔是眞的被綁架了……林尙斌以爲我有很多塔羅牌，所以想用宥翔來威脅我。」

「我倒覺得不是這樣，多半是李宥翔主動跟他聯手，想把你引過去。」宋櫻說。

「如果宥翔有心害我，他剛剛有的是機會，不用等到現在。林尙斌喪心病狂，可能眞的會殺了宥翔。」

「說到喪心病狂，李宥翔也不遑多讓。」宋櫻冷笑，「如果李宥翔確實落入了林尙斌手中，我還比較擔心林尙斌呢。」

韓品儒一副天人交戰、拿不定主意的樣子。

「你不會是想去救他吧？你別忘了他殺害了許多人，其中一個是你的朋友，還有一個是你的『女朋友』。」宋櫻提醒他。

「可是……他們說不定眞的想殺了宥翔……」

「那又有什麼問題？爲什麼你要去救一個殺人兇手？李宥翔究竟有什麼値得你爲他赴湯蹈火？」

韓品儒露出落寞的表情，垂下頭來。

「宥翔……雖然我和他高一時不同班，但是我早就知道他這個人了。說起來，又有誰不知道呢？成績全年級第一、身兼班長和學生會副會長、家世完美……如果這世上眞有所謂的天之驕子，我想那就是他吧？然後某一天……」

去年某天的放學後，韓品儒在走廊上被一名男生叫住。

「你是韓品儒同學，對吧？」

那名男生正是李宥翔，他向韓品儒遞去了一本手掌大小的筆記簿。

「這似乎是你掉的東西，裡面有你的名字。」

「啊……謝、謝謝……」韓品儒緊張地接過筆記簿。

「不客氣。」李宥翔微微一笑，之後帶點躊躇地說：「那個……我在檢查筆記簿時稍微看了下裡面寫的東西，希望你不要介意。」

「咦?你、你說裡面……欸欸欸欸欸?」

剎那間，韓品儒全身燙得像是要原地蒸發。

他有個不曾向任何人傾訴過的願望，那就是希望將來能夠成爲作家。

因爲怕被取笑，他始終把這個願望埋藏在內心深處，就連從國小就認識的朋友溫郁謙也不曉得。

在現實世界裡，由於各種限制，他明白自己永遠無法變成理想中的樣子，可是在那個由紙張和墨水構成的世界，他卻能夠任想像力飛馳，盡情地做任何事，化身爲任何人……包括他只能像仰望月亮般憧憬著的李宥翔。

他深知以目前的自己來說，成爲作家是個遙不可及的夢想，不過他仍然朝這個目標努力著。他每天都會在筆記簿寫下一小段練筆之作，並且暗暗希冀著未來的某天，這些文字會被印成鉛字。

「如果這冒犯到你，我很抱歉，但是……你寫的故事眞的很有意思。」李宥翔說，「尤其是那篇〈玩牌的人〉，裡面活用了『玩得一手好牌比拿得一手好牌重要』這個概念，十分有趣。」

韓品儒不敢相信自己的耳朵，他幾乎要以爲自己是寫故事寫瘋了，此刻正陷於幻想之中。

「那麼，我不打擾你了，再見。」

李宥翔說完便轉身離開，望著那漸行漸遠的背影，韓品儒突然如夢初醒，鼓足了勇氣問道——

「如……如果那篇故事有後續，你……你願意看嗎？」

「如果宥翔殺了我，我也認命了。」結束了回憶，韓品儒低聲說，「可若他眞的是被人綁架，而我卻沒有去救他，任由他被殺害，我會永遠無法原諒自己。」

宋櫻嘆了口氣，從口袋裡拿出一個瓶子。

「如果你執意要去，那最少把這個帶上吧，說不定用得著。」

韓品儒接過瓶子，看了看上面的標籤後，低聲道謝。

「那麼……我走了。這次未必能全身而退，這大概是我最後一次跟妳說話了吧？雖然我們同班了一段日子，卻是直到今天才眞正地互相認識，如果能夠早點認識那該有多好……謝謝妳，宋櫻。」

說完這番話，韓品儒轉過身，往頂樓的出入口走去。

剎那間，他的背影令宋櫻有種錯覺，彷彿自己代入了當初母親的角色，看著父親赴死。

她也因此明白，這個人是拉不回來了。

「我媽那句話，其實我是記得的。」宋櫻低聲說，「我媽說，小櫻，要是妳將來遇到這樣的男生，千萬……不要讓他溜了，無論如何都要讓他跟妳在一起。」

韓品儒全身一顫，停了下來，但隨即繼續邁出腳步，沒有回頭。

✡

「我答應你的要求。但你要怎樣證明班長在你手上？你可能只是得到了他的手機。」

「你問一個問題，我叫班長回答。」

「你問班長我的筆記簿是什麼顏色和材質。」

「班長說是深褐色的皮革。」

「好吧，我會在約定的時間抵達，你絕對不能傷害班長，否則我就是把所有塔羅牌毀掉也不給你。」

結束了跟林尚斌的訊息往來，韓品儒動身前往交涉地點。

對方指定的地點是體育館二樓的更衣室，韓品儒沒有直接進入，而是先使用「吊人」來到更衣室唯一的一扇窗口外打探情況。

由於窗戶僅是虛掩著，所以韓品儒可以偷窺裡面的動靜。

「韓品儒那傢伙怎麼還不來？看來得再傳訊息催他。」

林尚斌看著手機說道，韓品儒不禁慶幸自己記取了先前的教訓，早就把手機關掉了。

「尚斌同學別緊張，現在才五十分，還有十分鐘才是死線呢。」

裴雪姬討好地說，聲音嬌媚之餘有點漏風。只見她的額頭正在滲血，臉頰腫了起來，還有一顆門牙被打斷了。看來林尚斌雖然沒把她殺死，也還是讓她吃足了苦頭。

「還有……人家不是想催尚斌同學啦，只是想稍微問一下，你到底什麼時候才會分牌給人家呀？」

「我不是說了，等到遊戲快要結束時才分嗎？妳不要再囉嗦了。」

林尚斌有點不耐煩。

「我現在持有『皇帝』、『高塔』、『節制』、『正義』、『戀人』、『愚者』、『月亮』這七張牌，要勝出遊戲綽綽有餘，但要是我分了牌給妳，沒準會輸掉遊戲。如果我們要一起勝出，非得多收集塔羅牌不可。班長說韓品儒手上有很多牌，等拿到手後我自然會分給妳。」

韓品儒明明只有兩張牌，李宥翔卻揑造事實，好讓林尚斌把矛頭轉向他。此外李宥翔持有「惡魔」和「星星」這兩張牌，卻沒被林尚斌奪走，大概是因爲他故技重施，把那兩張牌的持有權轉移到了其他玩家的手機。

「妳有把門鎖好吧？要是班長跑了可麻煩了。」林尚斌問。

「尚斌同學不用擔心，人家有再三檢查喔。」裴雪姬陪笑著說，「還有班長的手機在我們手上，他應該不敢逃跑啦。」

趁著他們在說話，韓品儒使用了「皇后」，可惜拿到的並非「皇帝」，而是「月亮」。

——不，有了「月亮」便能奪走對方的視線，等同於封鎖住「皇帝」的能力。

獲得這張牌後，韓品儒多了勝算，他繼續在窗外偷聽對話，等待一個突入的最佳時機。

「尚斌同學，人家去一下洗手間。」

裴雪姬說完就離開了更衣室，林尚斌被獨自留下來，這是偷襲的好機會。

韓品儒先使用「月亮」讓林尚斌陷入漆黑之中，接著開窗潛入更衣室，使用「吊人」像蝙蝠般倒吊在天花板上。

「咦？」

在林尚斌展開任何行動之前，韓品儒迅速地來到他的頭頂上方，用毛巾緊緊掩住了他的口鼻。他拚命掙扎，但韓品儒死不放開，在化學藥品的影響下，林尚斌最終逐漸失去了意識。

方才宋櫻交給韓品儒的，其實是一瓶氯仿，那條毛巾正是曾經浸在這種化學藥品裡。

「尚斌同學？」

大概是聽到更衣室這邊有動靜，裴雪姬回來了。當她見到韓品儒和暈倒在地上的林尚斌時，臉上浮現出驚訝的表情，下一秒卻又換上了媚笑。

「品儒同學，謝謝你救了我！」裴雪姬感激地說，「班長被困在走廊盡頭的儲物室裡，鑰匙在林尚斌身上，我這就拿給你吧！」

裴雪姬徑直走過去翻開林尚斌的口袋，把裡面的物品都拿出來，可是越看她的動作，韓品儒越覺得不對勁。

「等、等一下！」

韓品儒想阻止已經來不及了，裴雪姬眼明手快地把林尚斌的「皇帝」登錄到了自己的手機裡。

在裴雪姬揚起陰險笑容的瞬間，韓品儒感到一陣徹骨的寒意，連忙拔腿往門口衝去。

「我命令你停下來！」

裴雪姬使用「皇帝」對他下令，韓品儒才剛邁步便被迫止住。

「我命令你，交出所有塔羅牌！」

韓品儒不甘心地把「吊人」、「皇后」和「月亮」拿出來，交到裴雪姬手裡。

「我命令你——」

她還沒把最後一項命令說完，尖銳的刀刃突然從後方刺穿她的喉嚨，奪走了她說話的能力。

韓品儒震驚地看著出現在她身後的人——李宥翔。

李宥翔把剖魚刀從裴雪姬的頸後拔出來，鮮血隨之溢出。

裴雪姬抓著脖子倒在地上，眼神充滿怨毒，嘴巴一張一闔像是想說什麼，然而喉嚨被切斷的她無法發出聲音了。

韓品儒驚魂未定，他呆呆地看著李宥翔殺死裴雪姬後，又把刀子刺進林尚斌的心臟。

過了好一會，他才慢慢找回了自己的聲音。

「你……不是被鎖在儲物室……」

「用鑰匙轉開通風窗的螺絲不是什麼困難的事。」

「這些都在你的計算之中……是不是？你故意被林尚斌和裴雪姬綁架，只爲了引我出來，好讓我幫你把他們除掉……」

「總之，你一如所料地前來，我很感激。」

韓品儒有種想揍自己一拳的衝動。

自始至終，李宥翔一切行動的宗旨皆是排除他人，直至剩下包括他本人在內的三個人爲止。因此當只剩最後五人時，他便思考起如何將其中兩人排除。

由於某些原因，李宥翔不願與韓品儒交手，而宋櫻又神出鬼沒，因此他只能選擇向林尚斌和裴雪姬下手。

他僅持有「惡魔」和「星星」，身上又帶傷，無法跟兩個擁有許多塔羅牌的人對抗，他本想拉攏韓品儒一起對付，可惜他們鬧翻了。

於是他另生一計，冒著性命危險跟林尚斌和裴雪姬接觸，故意被他們綁架，背後的目的卻是爲了藉韓品儒的手，除掉這兩個人。

韓品儒感到異常疲倦，他實在受夠了這樣的爾虞我詐。

距離遊戲結束剩下不到半小時，他本想就此離開，卻還是忍不住想再向李宥翔求證一件事。

「我……想問你一件事。」韓品儒直視李宥翔的雙眼，「你……爲什麼一直不殺我？」

李宥翔有的是殺死他的機會，既然他都對溫郁謙和其他同學下手了，再把他殺掉也不算什麼。

李宥翔沉默了一會，才緩緩將實情托出。

「既然遊戲快要結束了，我告訴你也無妨。你還記得巫綺蕾在自殺前許了一個願望嗎？她說得很小聲，你那時情緒十分激動，沒有留心聽她說話，可是我聽到了。那時她說的是——」

「我最後的願望，便是希望韓品儒你能……勝出這個遊戲。」

「『星星』有兩項能力，其中一項是能夠以某位玩家爲對象，許下一個願望，只要不違反遊戲規則就可以。當我得知這一點後，我就明白你是動不得的，如果貿然向你下手，說不定會害到自己。相反的，要是我倚賴著你，受到『星星』守護的你肯定也能幫助我度過難關，甚至勝出遊戲。果不其然，你多次化危機爲轉機，即使被鄭俊譽逼至絕境，從六樓掉下去仍能死而復生，於是我更加確信『星星』的願力有效了。以上這個原因你覺得怎樣？」

聽完李宥翔的解釋，韓品儒只覺眼前的世界碎成了千萬片，並且一點一點地逐漸溶解，連同他自己一起。

「那篇〈玩牌的人〉……」他低聲說，「我想我是永遠寫不下去了。」

✡

「小韓。」

離開體育館後，韓品儒本想返回第一校舍頂樓找宋櫻，結果宋櫻先來找他了。

「你已經救了李宥翔吧。」

宋櫻說的不是疑問句，而是肯定句。

「妳怎麼知道的？」

「你忘了我持有『世界』嗎？還有看遊戲的通知訊息就知道了，剛剛收到的。」

韓品儒開啟自己的手機，見到兩則新的通知。

【NO.18 裴雪姬：確認死亡。餘下人數：4人。】

【NO.24 林尚斌：確認死亡。餘下人數：3人。】

雖然確定自己能勝出遊戲了，韓品儒卻完全沒有半點寬慰和解脫的感覺，胸口猶如被沉重的大石壓著，似要窒息。

他甚至覺得自己爲什麼要苟活到現在，若在遊戲一開始便死去可能更好，那樣就不用經歷這麼多痛苦難受的事。

只要閉上眼睛，所有逝去之人的形貌便在腦海一一浮現，善良的人、殘忍的人、勇敢的人、懦弱的人、可憐的人、可恨的人……每個人都在這個狂亂的舞臺上找到了屬於自己的角色，並承擔了後果。

「只剩下不到五分鐘了，我們去校門口那邊等待吧。」宋櫻淡淡說。

早上九點整，陽光灑遍整個校園，校門旁邊的楓樹火紅得宛若要燃燒起來。

隨著韓品儒、宋櫻、李宥翔三人的手機收到通知，「塔羅遊戲」步向了終焉。

遊戲的吉祥物跳著舞出場，綴在裙襬的鈴鐺發出清脆的叮噹聲。

【聖楓高中二年一班各位同學安安～塔羅遊戲已圓滿結束嘍☆】

毛線娃娃拿出一張羊皮紙，上面是勝出名單。

NO.23 李宥翔：確認勝出。持有塔羅牌數目：11張。

NO.20 宋櫻：確認勝出。持有塔羅牌數目：2張。

NO.10 韓品儒：確認勝出。持有塔羅牌數目：0張。

【恭喜以上三位通關者～感謝各位參加遊戲☆】

終於走到這一步了。

韓品儒有點猶豫地望著學校正門的鐵柵欄，他與宋櫻對視一眼，之後吸了口氣，毅然把鐵柵欄推開，踏出腳步。

三人順利來到學校外面，過了一會仍然沒有任何事發生——他們確實活下來了。

韓品儒正要繼續前行，卻感覺腳下踩到了什麼。

拿起來一瞧，原來是張卡牌，中間是黑桃的圖案，左上角和右下角均有一個「A」字。

「撲克牌的黑桃ACE？」宋櫻皺起眉頭，「為什麼這裡會有張撲克牌？」

強烈的不安感驀地像海嘯般襲向韓品儒，警告他接下來將會有異常恐怖的事件發生。

下一秒，三人的手機同時響起，那是提醒程式已經成功安裝的通知鈴聲。

看到程式的名稱後，他們均在瞬間變了臉色。

撲克遊戲

（未完待續）

後記　Play or die, this is the question.

各位讀者好，我是夜間飛行。首先必須感謝看到這裡的您，如果我撰寫的故事能夠爲您帶來樂趣，這是我莫大的榮幸。以下內容將有部分劇透，建議您閱畢全文再行閱讀。

在拙作《塔羅遊戲》有幸獲得2015年POPO華文創作大賞的首獎後，由於健康出了問題，我擱筆了一段很長的時間，也辭去了工作。

在那段日子裡，無論做任何事對我來說都是巨大的壓力，哪怕是昔日喜愛的小說創作也不例外。當創作不再使我享受時，我甚至想過就此停筆，不再涉足這個領域。

作家東野圭吾先生曾在《嫌疑犯X的獻身》裡提到：「對於崇高的東西，光是能沾到邊就夠幸福了」。對我來說，小說創作似乎也是這樣，我曾在創作的路上耕耘過，甚至受過青睞，已經夠幸福了。

直到一年多後，我收到了一封意想不到的電郵，那封電郵來自POPO城邦原創的編輯，詢問我是否有意將作品繼續寫下去。收到電郵的當下，我的心情是難以言喻的，我沒想過橄欖枝會再次遞來，同時對編輯的盛情滿懷感謝。

在休養了一段時間後，我的健康已逐步改善，但是我不知道自己是否已準備好回歸創作，也不知道我的興趣會否又一次成爲我的壓力來源。

我懷著忐忑的心情打開了封存許久的文件夾，再度閱讀《塔羅遊戲》，當文句映進眼簾的瞬間，當初寫下這個故事時的悸動便悄然回來了。

直到那一刻，我才發現我仍有很多劇情想撰寫，仍有很多角色想塑造，仍有很多故事想訴說——《塔羅遊戲》的旅程尚未完結。

抱持著這份心情，我再次執筆，逐字寫下了作品的後續。起初我仍感到不安，壓力亦再次累積，但隨著一個又一個章節完成，我還是一本又一本地把續集寫完了，也尋回了當初創作的樂趣。

《塔羅遊戲》的創作源起是來自於我本身的高中生活。猶記得高中時，有位學姊在校慶那天帶了塔羅牌回到學校，我跟她便在教堂裡玩了起來，結果被老師逮個正著，被斥責怎可以在十字架下玩這種東西。多年之後，我想起了這件「趣事」，於是結合了生存遊戲，寫下《塔羅遊戲》一作。

雖然《塔羅遊戲》的性質偏向輕小說，某些劇情還是比較「重」的，並且涉及校園霸凌、權力腐化、外貌主義、生存價值等議題。在本作裡，讀者除了跟隨著主角的腳步探索遊戲、感受緊張刺激的大逃殺氣氛外，相信亦會對上述議題有一番體悟。

創作本書是個有趣的過程，起初我先設定了二十二張大阿爾克那塔羅牌的能力，之後爲每張牌創造出相應的角色，再來就是想像這些角色使用卡牌時的情景。我第一個構思的能力正是「吊人」，最喜歡的使用卡牌的情景則是「星星」和「命運之輪」。

《塔羅遊戲》中有不少我喜愛的角色，尤其是身爲主角的韓品儒、宋櫻和李宥翔。

作爲一名主角，韓品儒並沒有特殊的身世或過人的本領，只是隨處可見的普通高中生，還是較爲文弱的那種。但他擁有一顆善良的心，在重要關頭亦能展現出勇氣，最終他的善良和勇氣獲得了應有的回報。有些人會把善良跟軟弱畫上等號，可善良其實也是一種力量，並足以扭轉命運。

在本作不會看到「英雄救美」的橋段，反而是男主角屢次被女主角所拯救。在許多以男性作爲主角的故事裡，女性角色往往淪爲花瓶，不過宋櫻並非韓品儒的陪襯。她獨立而強勢，擁有自己的一套處事方式和價值觀，不會隨波逐流，這也是我對她相當欣賞的地方。

而個人對於反派總是情有獨鍾，因此不諱言的，李宥翔是我最偏愛的角色。他不是無惡不作、放縱慾望的反派，他是爲了生存才選擇成爲惡魔，亦有自身的執著。在本作的結尾，李宥翔和韓品儒最終分道揚鑣，然而他們之間的羈絆並未徹底切斷，而這份羈絆將會成爲後續劇情裡的關鍵。

在創作的過程裡，我有幸獲得編輯專業的指導和溫暖的鼓勵，雖然我的創作進度相當緩慢，卻仍得到包容，對此我只有無盡的感激。衷心感謝繪師SUI爲本書繪製出精美的封面，除了有惹人愛憐的巫綺蕾，還有許多書中出現過的元素，讓人驚豔不已。

另外我也想在此感謝多年來一直與我在創作路上互相勉勵的文友，謝謝隱聿、兌現、佐爲、玉兔包子、八隻腳、萊茵@千人。

正如《塔羅遊戲》的結局所示，這個故事仍未畫上句點，在後續的作品裡，除了將延續本作懸疑的氣氛外，也會有更多驚悚刺激的劇情等待讀者去發掘。如果您對充滿人性糾葛的生存遊戲感到興趣，還請別錯過《塔羅遊戲》的續集——《撲克遊戲》。

衷心期待與您在下一部作品相遇。

夜間飛行

附錄　塔羅牌能力一覽表

【0 愚者（流浪）】

持有者可瞬間轉移到另一個地方，但不能選擇目的地，每使用一次會有十五分鐘冷卻時間。

發動語：使用「愚者」。

【I 魔術師（創造）】

持有者可將「魔術師」變成任何一張其他卡牌，但無法變成「死神」、「星星」、「太陽」和「審判」。

發動語：使用「魔術師」，變成（卡牌名稱）。

【II 女祭司（直覺）】

持有者能分辨其他玩家是否在說謊，只限是非題。

發動語：無。

【III 皇后（豐收）】

持有者可奪走視線內所有玩家隨機的一張卡牌。每名玩家只限使用一次，若對方沒有卡牌，亦當已使用論。

發動語：使用「皇后」。

【IV 皇帝（支配）】

持有者可命令複數玩家做任何事，但不能超出該玩家的能力範圍，也不能控制其心智。對「節制」持有者無效。

發動語：我命令你（命令內容）。

【V 教皇（援助）】

持有者可祝聖一名玩家使其獲得十分鐘的不死身，但不能祝聖「惡魔」的持有者，也不能祝聖自己。只限使用一次，使用後卡牌會永久消失。

發動語：使用「教皇」，祝聖（某人的名字）。

【VI 戀人（結合）】

持有者可透過接吻使另一名玩家唯命是從，該玩家會對持有者產生強烈的愛戀情感，但對「節制」持有者無效。

發動語：無。

【VII 戰車（勝利）】

持有者可防禦一切攻擊，但不包括卡牌攻擊。

發動語：無。

【VIII 力量（意志）】

持有者可擁有相當於自身十倍的力量。

發動語：無。

【IX 隱者（尋求）】

持有者可隱形，但只要快速移動便會現形。只要維持某種程度的接觸，持有者可把能力分享給另外最多兩名玩家，隱形期間不會被「世界」持有者發現。

發動語：使用「隱者」。

【X 命運之輪（輪迴）】

持有者可與一名玩家交換彼此持有的所有卡牌一次。這張牌使用後便會消失，如對方沒有卡牌，也會消失。

發動語：使用「命運之輪」。

【XI 正義（均衡）】

持有者可奪取方圓十公尺內持有最多卡牌的人的所有卡牌，再隨機分配給在場所有玩家。每名玩家只限使用這張牌一次。

發動語：使用「正義」。

【XII 吊人（犧牲）】

持有者不受重力限制，可任意行走在天花板和牆壁。只要維持某種程度的接觸，持有者可把能力分享給另外最多兩名玩家。

發動語：無。

【XIII 死神（結束）】

持有者若死亡，將自動使用卡牌逆轉死亡一次，使用後卡牌會永久消失。

發動語：無。

【XIV 節制（淨化）】

持有者不受「戀人」和「皇帝」影響，並可將被「戀人」和「皇帝」控制的玩家復原。

發動語：使用「節制」，淨化（某人的名字）。

【XV 惡魔（詛咒）】

持有者受到惡魔加持，可抵禦一次其他玩家的卡牌攻擊。每名玩家只限使用一次。

發動語：無。

【XVI 高塔（毀滅）】

持有者可降下致命的閃電，攻擊方圓二十公尺內，除持有者以外的所有玩家，只限在非室內場所使用。每名玩家只限使用一次。

發動語：使用「高塔」。

【XVII 星星（希望）】

持有者可爲自己以外的一名玩家許願，只要不違反遊戲規則，任何願望均會實現，使用一次後這項能力便會永久消失。/持有者可在黑暗中保持視力，並且不受「月亮」影響，只要維持某種程度的接觸，持有者可把能力分享給另外最多兩名玩家。

發動語：我希望（許願內容）。/無。

【XVIII 月亮（不安）】

持有者可讓一名玩家陷入黑暗十分鐘，冷卻時間半小時。對「星星」持有者無效。

發動語：使用「月亮」。

【XIV 太陽（生命）】

持有者可治療自己以外最多三名受傷的玩家，讓他們回復到遊戲前的狀態，但不能重覆用在同一人身上，把限額用完後卡牌會永久消失。卡牌的持有權若被轉移，已使用的限額不會重新計算。

發動語：使用「太陽」，治療（某人的名字）。

【XX 審判（復活）】

持有者可讓一名玩家復活一次，但不能復活曾經使用「死神」的玩家，用完後卡牌會永久消失。

發動語：使用「審判」，復活（某人的名字）。

【XXI 世界（達成）】

持有者可透過手機監視所有玩家的位置，但不包括正在使用「隱者」的玩家。

發動語：無。

國家圖書館出版品預行編目資料

塔羅遊戲／夜間飛行著. -- 初版. -- 臺北市；城邦原創出版：英屬蓋曼群島商家庭傳媒股份有限公司城邦分公司發行, 2021.01
面；　公分. --（Play or die系列；1）

ISBN 978-986-99411-3-6（平裝）

857.7　　109019209

塔羅遊戲（Play or Die系列01）

作　　者／夜間飛行
企畫選書／楊馥蔓
責任編輯／陳思涵

行銷業務／林政杰
總 編 輯／楊馥蔓
總 經 理／伍文翠
發 行 人／何飛鵬
法律顧問／元禾法律事務所　王子文律師
出　　版／城邦原創股份有限公司
台北市南港區昆陽街 16 號 4 樓
電話：(02) 2509-5506　傳真：(02) 2500-1933
E-mail：service@popo.tw
發　　行／英屬蓋曼群島商家庭傳媒股份有限公司城邦分公司
聯絡地址：台北市南港區昆陽街 16 號 8 樓
書虫客服服務專線：(02) 25007718・(02) 25007719
24小時傳真服務：(02) 25001990・(02) 25001991
服務時間：週一至週五09:30-12:00・13:30-17:00
郵撥帳號：19863813　戶名：書虫股份有限公司
讀者服務信箱 email：service@readingclub.com.tw
城邦讀書花園網址：www.cite.com.tw
香港發行所／城邦（香港）出版集團有限公司
地址：香港九龍土瓜灣土瓜灣道 86 號順聯工業大廈 6 樓 A 室
email：hkcite@biznetvigator.com
電話：(852)25086231　傳真：(852) 25789337
馬新發行所／城邦（馬新）出版集團 Cité(M)Sdn. Bhd.
41, Jalan Radin Anum, Bandar Baru Sri Petaling,
57000 Kuala Lumpur, Malaysia.
電話：(603) 90563833　傳真：(603) 90576622
email：services@cite.my

封面插畫／SUI
封面設計／Gincy
印　　刷／漾格科技股份有限公司
電腦排版／陳瑜安
經 銷 商／聯合發行股份有限公司
客服專線：(02)2917-8022　傳真：(02)2911-0053

■ 2021 年 1 月初版　　Printed in Taiwan
■ 2024 年 6 月初版 6 刷

定價／280元

ISBN　978-986-99411-3-6
本書如有缺頁、倒裝，請來信至service@popo.tw，會有專人協助換書事宜，謝謝！

POPO城邦原創 www.popo.tw　城邦讀書花園 www.cite.com.tw